内米洛夫斯基作品集

狗与狼

Les Chiens et les loups

〔法〕伊莱娜·内米洛夫斯基 著
管筱明 译

人民文学出版社
PEOPLE'S LITERATURE PUBLISHING HOUSE

图书在版编目(CIP)数据

狗与狼/(法)伊莱娜·内米洛夫斯基著;管筱明译. —北京:人民文学出版社,2018(2022.1 重印)
(内米洛夫斯基作品集)
ISBN 978-7-02-014146-3

Ⅰ. ①狗… Ⅱ. ①伊… ②管… Ⅲ. ①长篇小说-法国-现代 Ⅳ. ①I565.45

中国版本图书馆 CIP 数据核字(2018)第 086215 号

责任编辑 **卜艳冰 何炜宏 郁梦非**
装帧设计 **钱 珺**

出版发行 **人民文学出版社**
社 址 **北京市朝内大街 166 号**
邮 编 **100705**

印 刷 **宁波市大港印务有限公司**
经 销 **全国新华书店等**

字 数 **151 千字**
开 本 **787 毫米×1092 毫米 1/32**
印 张 **7**
插 页 **1**
版 次 **2018 年 10 月北京第 1 版**
印 次 **2022 年 1 月第 2 次印刷**

书 号 **978-7-02-014146-3**
定 价 **38.00 元**

目录

狗与狼

一

希纳一家出生并居住的乌克兰城市，在城里的犹太居民看来，是由三个不同的层面组成的，就像古老的画卷上所表现的那样：被上帝排斥的人处在下层，为地狱的黑暗与烈火所吞噬；平凡的人住在中层，被微弱的光线照亮；而处在上层的，则是上帝选民的居所。

住在河边下城的人，不是贱民、不可经常与之来往的犹太人、小手艺人，就是租下那些脏不拉叽的店铺的小商人、流浪汉。一大帮儿童成天在泥水里打滚，说的是一口意第绪语，穿的是破破烂烂的衬衣，细瘦的脖颈和又长又黑的鬈发上，罩一顶宽大的工作帽。远处，是生长着一圈圈葱茏的椴树的山丘。丘顶建有俄罗斯高级公务员的公馆、波兰贵族的府邸，还有几座精美的宅第，属于几个有钱的伊斯拉埃尔人。他们选择在这个地段安家，不仅是因为这里空气纯净，更是因为在俄罗斯，本世纪初在尼古拉二世治下，当局只允许犹太人在某些城市、某些区段、某些街道，有时甚至是某些街道的某一边居住，其余地方一概不许犹太人涉足。然而，禁令只对穷人有效。从来没有听说过有贿赂攻不破的禁令。即使是最严厉的禁令也不过如此。这些犹太人引以为傲的事情，就是无视这些禁令，在不许他们居住的地方安身。这倒不是出于有意对着干、出口怨气的想法，或者为了面子的缘故，而是为了让别的犹太人知道，人家就是比他们强，挣的钱比他们多，甜菜或小麦卖得比他们好。这是一种得体地展示财富的办法。一个犹太人，出生在隔离区，二十岁时有了几个钱，就在社会生活上升了一级；他搬了家，住到了市场附近，那里离河很远，处在下城边缘；待到结婚时，他又搬了家，住到了街道对面的禁区；接下来，他还在攀升，住到了法律规定任何犹太人都不得出生、居住或者死亡的街区。人家对他肃然起敬。他成了亲友们羡慕的对象、希望的化身：犹太人竟能升得这么高！有了这样的榜样，饥饿就算不得什么了，寒冷、肮脏也算不得什么了！在下城，许多人都怀着这份希望，举目瞻望富人住的青翠丘岭。

在下城与富人住的山丘之间，有一个中间地带。那里平淡的气候虽然催孕不出巨大的财富，但也让人穷不到哪里去。那是俄罗斯、波兰和犹太布尔乔亚的居住区。大家住在一区，倒也并无太多冲突。

然而，这个处在中间的城区本身也分为一些小帮。它们互相嫉妒，又互相蔑视。社会上层被医生、律师、大公司经理占据了，卑贱的下层则由小店主、裁缝和药店职员等人组成。

不过，社会上有一类人充当了联系不同街区的纽带。他们从上城到下城，在走家串户中艰难地赚钱度日。亚达的父亲伊斯拉埃尔·希纳就是这群“代理人”中的一员。这些人的职业就是收进卖出。甜菜、食糖、小麦和农业机器，凡是乌克兰出产的东西，都是他们经营的商品。不过，只要顾客需要，他们的供货目录上也可以添上丝绸、茶叶、阿拉伯糕点、煤炭、伏尔加河的鱼子酱和亚洲出产的水果。他们乞求、哀求顾客跟他们做生意，贬低竞争对手的货色；他们叹怨自己命苦，不惜对天发假誓；他们为了拿到订单，想尽办法，用尽心机；从他们匆匆的行色（在别人都不着急赶路的时间和地段）、急促的话语、连比带划的手势、低三下四的态度、软缠硬磨的精神，以及其他种种为他们所独有的品质，人们一眼就可以认出他们。

亚达差不多还是个婴孩的时候，有时就跟着父亲在外头东奔西跑。父亲是个眼睛忧郁的瘦小老头。他喜欢亚达，每次把她抱在怀里，就觉得有了慰藉。他放慢步子行走，好让她跟上；他俯下身子问她累不累，走不走得动；他帮她整整披在旧外套上的灰色羊毛大围巾，理理带护耳的棕色小绒帽。当冬天刮起大风时，他就伸出大手捂住她的嘴巴：街角上，凛冽的寒风在觊觎着行人，不时欢欢喜喜地蹿出来，猛掴他们的耳光。

“当心！你不冷吧？”父亲问。

他叫女儿用围巾裹住嘴巴，透过羊毛吸气，好把冰冷的空气加热。可是不行，女儿受不了，觉得憋闷。等父亲刚刚把头掉回去，她就用指甲把围巾抠出一个洞眼，试着把舌尖伸出去，接天上飘下的雪花。她身上裹了那么多衣服，只看见两条细腿上支着一个小小的方布砣。走近一点，透过深色的绒帽和灰色的围巾，才看清两只黑溜溜的大眼睛。由于有棕色的绒帽圈着，眼睛显得还要大，射出的目光直愣愣的，十分容易受惊，就像一头小野兽。

她刚满五岁，就开始观看周围的世界。迄今为止，她在一个很大的世界游荡，与她弱小的身子比起来，这个世界是那样大，大得她几乎意识不到它的存在：它都把她压麻木了。她对这个世界的关心，不会超过一只藏在草丛里的昆虫。不过她长大了，现在开始认识生活了：在一户户人家门口，站着些一动不动的巨人，他们的胡子上挂着一根根冰棱，面前呼出一股发臭的酒气（它很奇怪地变成了一束水汽，接着又变成了雪花的小针）。这些巨人其实就是普通人，下人，看门人。她也与一些人熟悉了。她觉得那些人的头伸进了云端，身后拖着闪闪发亮的马刀。有人管他们叫军官。那些人很吓人，因为父亲一见到他们，就赶紧往墙边躲，身子好像更矮了。不过，不管怎么说，她觉得他们还是人，属于人的群体；一段时间以来，她也敢望他们几眼了。他们中间有几个，灰色的宽袖长外套上有一道红色（当他们登上雪橇时，她看见那条猩红色的布带露了出来，那是他们将军的标志），还有几个蓄着白花花的胡子，就像她爷爷。

在广场上，她停下脚步站了一会儿，观看来来往往的马匹。冬天，马身上披了红红绿绿带绒球的络头，防止马蹄带起的雪泥溅到马身上。这里是市中心，有几家漂亮的旅馆、商店、酒家，有五颜六色的灯光，有不绝于耳的车马喧阗。不过，父女俩再走几步，很快就踅进了一些窄街小巷。它们都有一些坡度，由高而低通到河边。街面铺了街石，可是高低不平，坑坑洼洼，几盏风灯射出惨淡的光亮。最后，父女俩在一户人家门前站住了。屋主有可能成为希纳老爹的顾客。

他们走进一间低矮、幽暗、烟气腾腾的房间。里面有五六个人在扯着喉咙叫喊，就像被人宰杀的鸡鸭。他们一个个面红耳赤，额头上青筋都暴了出来。他们或者举臂向天，或者捶胸顿足，说：

“要是我说了谎话，就让老天把我杀死，就死在这里！……”

有时，他们也指着亚达：

“凭这个纯洁的女娃娃的脑袋起誓，我要请上帝作证，我买下这匹丝绸的时候，它可是好好的！……只不过在路上被老鼠啃坏了一段，可这能怪我吗？能怪我这个可怜的犹太人，有一大家子要养的犹太人吗？”

他们生气了，一个个冲走了，把门掼得山响；可是走到门口，他们又停住步子，转身回来。买家装出满不在乎的神气，端着带银托的大玻璃杯喝茶。代理商们（总有五六个代理商闻到生意气息，同时在场）则相互指责，不是说对方没有诚意，欺诈顾客，就是短斤少两，犯下滔天大罪，似乎恨不得要把对方吃了，吞进肚子才罢休。接下来，局面恢复平静，原来生意做完了。

亚达的父亲牵起她的手，两人一起走出门去。来到街上，父亲长吁一口气，摇摇头，发出一声沉重而痛苦的叹息："上帝啊，我的天老爷啊！"不管是因为生意[①]没有做成，几个星期的时间与努力打了水漂，礼物白送了，路也白跑了，还是因为赢了对手，把生意抢过来了，父亲都要吁口长气，发声叹息：上帝是不变的，永远在场，像蜘蛛趴在蛛网中央，窥视着每个人的表现，人若是得意忘形，显出自命不凡、不可一世的样子，他就准备加以惩罚。上帝永远在那里，又热心又嫉妒。人必须敬畏上帝，同时要感谢他的慈悲。但千万不要让上帝认为人的心愿完全满足了，不然，他就会有所懈怠，停止保护人。

接下来，父女俩去了另一户人家，再接着又去了一户人家。有时，他们一直走到上城的富人家里。亚达留在前厅等候，看到那里精美绝伦的家具、人数众多的仆役、厚重柔软的地毯，她觉得又激动又慌乱，便待在那里一动也不敢动。她坐在椅子边沿，眼睛睁得大大的，连大气也不敢出。有时，她掐一掐自己的腮帮子，怕自己睡着了。最后，父女俩手牵着手，默默地搭有轨电车回家。

---

① 原文为意第绪语。

二

“西蒙·阿尔卡迪耶维奇啊，”亚达的父亲说，“我是作为一个犹太人，来向一个扎迪克（tsadik），一个圣人抱怨的，求他赐给我脱贫的办法……”

伊斯拉埃尔·希纳喃喃地向圣人念苦经：

“圣人啊，我是个苦命人，我有十个孩子要养，妻子脾气暴得很，岳母身体经得起熬，不但精气足，而且胃口好……你叫我怎么办哪？帮帮我吧！”

圣人回答说：

“带十二只羊回家吧。”

“可是带回去干什么？家里已经挤得一塌糊涂，就像腌在木桶里的鲱鱼。一家老小都睡在草垫上。人都憋不过气来，你那些山羊还在哪里养？”

“听我说，心不太诚的人啊，你带着山羊回家，你要赞美上帝。”

过了一年，可怜人又来了。“怎么样？幸福些了吧？”圣人问他。

“幸福？我的生活简直是地狱！要是还让我养那些羊，我还不如自杀！”

“嗨！现在你就要摆脱山羊了。你会享受到前所未有的幸福。见不到那些羊角，闻不到它们的膻味，你会觉得那幢破屋子就像座宫殿。在这片土地上，一切感觉都是比较出来的。”

“西蒙·阿尔卡迪耶维奇，可我还是和原来一样。我对老天有些意见。我要把岳父接到家里照料，要抚养女儿。我辛苦工作，累死累活，可一家人还是吃不好。不过，男人本就这样：流大汗挣小钱。我不应该抱怨。只不过我现在得到了哥哥的死讯，嫂子要带着两个小家伙投奔我。又多了三张嘴巴。干吧，累吧，苦命的男人，可怜的犹太人：将来两眼一闭，到了地下，有的是时间休息……"

这样一来，亚达就知道了两个堂姊堂兄的存在，以及他们要来的消息。她努力想象他们的模样。一连几个钟头她都沉浸在这种游戏之中，身边的事情视若不见，充耳不闻。接着，她像从一场梦中突然醒过来，听见父亲对西蒙·阿尔卡迪耶维奇说：

"有人跟我谈起从士麦那来的一车葡萄干。您想买下吗？"

"别烦我了！你叫我拿你的葡萄干做什么？"

"您别生气，别生气……尼杰尼的棉布，价钱便宜，要不要给您弄一点？"

"让你的棉布见鬼去吧！"

"一批巴黎女帽，就因为一次铁路事故，弄坏了一点点，被拦在关外，只要一半价钱，就可以弄过来。要不要？"

"唔……什么价？"

当父女俩走到街上时，亚达问：

"伯母和堂姐堂哥要来？"

"是。"

他们顺着宽阔的大马路往下走。按照一个宏伟的规划，城里新辟了几条大街。街面宽得很，两行椴树之间，可以容骑兵连操练。不过有风从街这头刮到那一头，发出快活的尖啸，卷起阵阵尘埃。这是一个夏日的傍晚，天空明朗，红光四射。

“家里会有一个女人来照看你。”父亲愁苦地望着亚达，终于说道。

“我不要人照顾。”

父亲摇摇头。

“也要人看着女佣，免得丢东西。另外，你也不必成天拖着脚步，跟我东奔西跑……”

“你不乐意我跟着吗？”亚达小声问，声音发抖。

父亲轻轻地把手放在她头发上。

“我乐意。可是我怕累坏你的小嫩腿，不敢走快。要知道我们这些代理人，就是靠两条腿跑路来挣饭吃。跑得越快，到富人家就越早。别的家伙挣得比我多，就因为他们跑得比我快：他们可以把小家伙留在家里，暖暖和和地有人照顾。”

他想到：

“有过一个女人……”

不过他不能提起死人，怕不吉利，因为照迷信的说法，一说死人就会招来疾病灾难的注意（鬼怪时刻在窥视你），也怕孩子伤心。生活不容易，靠不住，总是准备把你最珍贵的宝贝夺走，这些，孩子将来有的是时间知道……不过，往事终究是往事。要是老想着往事，就会失去活下去的勇气。亚达就这样一天天长大了，却几乎不知道死去母亲的名字，因为她从没有去过她的坟地，也从没有听人说过一句有关母亲、有关她短暂一生的话。家里有一张母亲的模糊照片。那上面的她还是个姑娘，穿着校服，黑色的长辫散开来，披到肩上。相框上扎着黑纱，相片被黑纱的阴影遮去了一半，似乎带着指责的眼神盯着活人。“我，我原来也和你们一样，”她的眼睛似乎在说，“为什么你们都怕起我来了？”不过她尽管那样温和，那样腼腆，还是叫人害怕，因为她住在另一个王国，在那里，用不着吃喝，用不着睡觉，也没有恐惧，更没有刺耳的争吵，总之，人间的麻烦事，什么也没有。

亚达的父亲其实害怕嫂子和侄儿侄女到来，可是家里也太乱太脏了，再说，小家伙也需要有个女人照料。对他来说，一个没有受过教育的可怜男人的生活，他已经过惯了，也认了，虽说娶妻结婚的当口他还是有过一番梦想的……总之，他本人，他自己的欲望，倒是无关紧要。人们干活、生活，图的不就是孩子们将来有出息。难道他们不是你的血肉？只要亚达将来比他富有，比他过得好，他就心满意足了。他想象着孩子穿得体体面面的样子：一条绣花的漂亮裙子，头发上打了一个结，像富家小姐那样。他这样的人，怎么会打扮孩子呢？亚达穿的衣服太大太长，一身上下颜色发暗，所以人看上去灰头土脸，很是显老。他买那些衣服图的是布料牢实。有时……他朝孩子身上瞧了一眼。孩子穿着苏格兰花呢的连衣裙，上面罩一件黑天鹅绒的短上衣，那是他让厨娘纳斯塔琪娅做的，乡下老妇人常穿那种式样。他也不喜欢女儿的发型，额前那刘海太长了，一直垂到了眉毛，还有那黑色的发鬈，参差不齐地搭在颈根上。可怜的颈根是这样细瘦……他伸手搭过去，把女儿的颈根轻轻地握着，心里涌起一片柔情。不过，因为他是个犹太人，光是梦想让女儿吃得好，穿得暖，得到很好的照顾，长大嫁个好丈夫还不够，他希望在她身上发现某种才华，某种非同寻常的天赋。她将来就不能做个音乐家或者演员？既然他只有个女儿，他也就肯定不会抱什么大想法，不会生出漫无边际的奢望。唉！实现不了的希望，落空的愿望！……要是有个儿子该多好！……一个男的！……可是上帝不肯开恩！……不过想到某些个朋友，儿子给他们的晚年带来的不是快乐，而是痛苦、耻辱，是命运看得见的惩罚，他也就觉得释然了。他们那些孩子卷进了政治，被政府投进监狱，或放逐他乡。还有一些人的儿子在远方，在外国流浪。将来，他也许不会不肯把亚达送到瑞士、德国或者法国去留学……不过，眼下他得干活，做生意，得孜孜不倦地积累财富。他在一个小本子上记载了要推荐的商品的种类，此刻他摸出这个积满污垢的小本子，翻了一下，就加快脚步走起来。

三

晚上，在狭小的餐厅里，大家挤在一张皮沙发上喝茶。滚烫的浓茶里加了柠檬片，嘴里同时还嚼着糖块，大家喝了一杯又一杯，直到亚达在她的椅子上睡着为止。厨房门始终敞着，炉灶的黑烟从那里飘出来。纳斯塔琪娅在碟子堆里翻来翻去，不时地拨一拨炉膛里的柴块，有时她也唱上几句，或者用带着醉意的声音抱怨什么。她光着脚，头上罩块手帕，身躯又胖又沉，不过一身肥肉倒是软沓沓的，周身散发出浓烈的酒气。她长年遭受一种慢性牙病的折磨，宽阔的红脸上总是包一条退色的围巾。尽管如此，她却是街区里最招引男人的女人。夜晚，厨房里她那张床铺撕裂的肮脏帏幔前面，总是立着一双军用靴子，那是邻近军营某位士兵脱下的。不见靴子的夜晚很少。

亚达的外公住在女婿家。这是一个精致的老头儿，周正的面盘上围着一圈白胡子，鼻子又长又尖，脑门塌扁。他的生活很不平常，年纪轻轻地就逃出了隔离区，在俄罗斯和欧洲游历。他这样做并不是为了追求金钱，而是为了求学。回来时，他和动身时一样贫穷，却带了一大箱书籍。在他出门期间父亲去世了，他有个母亲要赡养，姐姐妹妹也尚未出嫁。他从未对人说过在外游荡的事，也没有透露他的人生经验与梦想。他接下了父亲的珠宝生意，经营一些价格便宜的银器以及嵌有乌拉尔宝石的戒指和别针。买主都是下城的新婚夫妇。不过，白天他虽然守在柜台后面照应生意，可是夜幕一落，他就关上店门，锁上挂锁，还要加上铁链，然后回家打开书箱。他抽出一沓稿纸，拿上一支在纸上吱吱作响的旧笔，写起东西来。亚达从未看到外公把那作品写完，仅仅知道它的名字：《歇洛克的性格与平反》，不过她不明白那是什么意思。

店铺就在希纳家的底层，一家老小就住在楼上。喝过晚茶，外公就夹着手稿，拿着墨水瓶和笔下楼到仓库。桌上点着一盏冒烟的煤油灯。火炉里塞满劈柴，炉火呼呼直响，把热力与红光散向四方。父亲又进城寻找主顾去了，亚达丢下纳斯塔琪娅，让她去与她的大兵搂抱睡觉，自己揉揉困倦的眼皮，下楼来守着外公。她悄悄地爬到墙边一把椅子上坐好。外公只管读书或者写字，并不注意她。一线冰冷的气流从门缝里钻进来，把外公的胡子尖梢吹得飘起来。这些冬日的夜晚是亚达一生中最温馨的时刻，尽管平和之中有一丝悲凉。现在，由于赖莎伯母和堂姐堂兄的到来，这一切就要失去了。

赖莎伯母是个单瘦女人，表情冷淡，反应敏捷，下巴和鼻子往上翘，舌头一动起来就不饶人。她的眼睛光芒四射，就像针尖一样扎人。她对自己的身材相当自负，身体已经够苗条了，可是还套着旧时的紧身褡，扎着带扣的细腰带。她的头发是红棕色的，火样的头发盖着一张憔悴的窄脸，显得十分怪异和难看。她梳着伊薇特·吉贝尔[①]那样的发型，额前和脑门上堆着上千个红色的小发鬈。她站立的时候身姿笔挺，上身因为想努力直起来而微微向后倾，薄薄的嘴唇紧紧抿着，半垂的眼帘里射出一股凶巴巴的可以穿透一切的目光。脾气好的时候，她的脖子微微鼓胀起来，肩膀轻轻抖动，让人联想到一只又细又长的昆虫在抖动翅

---

① Yvette Guibert，二十世纪上半叶法国著名歌唱家，红磨坊当红歌星。

鞘。无论从身型的细瘦、行动的敏捷，还是从锋芒毕露、容易激动的个性来看，她都像一只大马蜂。

赖莎伯母年轻时不乏追求者。至少，常有人游说她的婚事。可她是个有抱负的女人，于是嫁了个印刷厂的老板。自从老板去世以来，她就觉得自己落到了社会底层。她带着一丝骄傲而自嘲的微笑说，过去她结识的不是名流就是雅士，而现在她却成了个寄人篱下的穷亲戚，是被人出于怜悯才收留的！而且，她还落到了最底层，竟住到犹太人的街区来了，底下就是个可怜的小店铺！

“不过，伊沙[①]，”她对小叔子说，“就为着你的姓氏，你不也应该选个干净、安静点的街区去抚养孩子吗？你好像把姓什么给忘了，而我呢，只要活一天，就会记着我可怜的丈夫，还有你，姓希纳。”

亚达坐在那张破旧的长沙发平常坐的位置上，听伯母说这番话。堂姐里拉和堂兄本坐在她两边。这是赖莎伯母来后不久的事情，也是亚达记得起来的最早的往事之一。大家在一起喝晚茶。外公、父亲和赖莎坐在一些装有藤垫的黑背靠椅上。亚达不知道为什么大家管它们叫“维也纳椅”，虽然它们都是从市场广场的旧货商那里买来的。孩子们坐在棕色的高背皮沙发上。在亚达看来，屋里总是阴森森的，缺少人气，这是因为，确实……这是一座老房子；四间卧室周围，不是采光不好的小走廊，就是又深又大的壁橱，房间也不在一个层面上，要在屋里走一圈，得在瘸腿的楼梯上爬上爬下好几回，还得穿过一些壁凹和密室。那些隐秘的小房间铺了地砖，冷冰冰的，也不知派什么用场。晚上，等夜

---

① 伊斯拉埃尔的昵称。

幕降临，院子里就有一盏风灯亮起来，透过一扇老虎窗，把它惨淡而摇晃的光亮照进来。在这幢老屋里亚达常常感到害怕，不过长沙发是个避难所：她在这里做游戏，等待父亲回家。晚上，她就在沙发上睡着了，大人们在她周围聊着家常，却没有人想到要把她送到床上。她在破软垫后面藏了一些旧画片、破玩具，还有彩色铅笔。她最宝贝的就是那些玩具。沙发旧了，皮子开裂，有些地方烂成一条条的，人一坐下去，弹簧就吱嘎吱嘎直响。不过她还是喜欢这个破沙发。可是现在，在沙发上躺着的却是本，她觉得空落落的，若有所失。

她两手捧着满满一杯茶，小心地吹着面上的茶叶，神情是那么专注，整张小脸仿佛都被巨大的杯口遮住了，只看见额前厚厚一排褐色的刘海。

伯母看着她，想显得亲切一点，对她说：

“过来吧，阿多斯卡[①]。亲爱的，我来给你扎头发。我有条漂亮的丝带，来扎个花结。”

亚达顺从地站起来。可是一边是客人伸着的腿，一边是餐桌，中间的过道很窄，要一步一步找准放脚的地方，走起来也就很慢，等她好不容易走到伯母面前，伯母已经把她忘记了。亚达在父亲膝头坐下来，一边听大人说话，一边试着伸手去捉父亲烟卷里冒出的烟圈。可是她的手刚伸过去，那一个个淡蓝的轻盈的烟圈就消失了。

“我们都是希纳家的人，”赖莎伯母自豪地说，“在这个城市，最有钱的人是谁？所罗门·希纳老头。欧洲呢？”

---

① 亚达的昵称。

她朝亚达的外公转过脸：

“您，艾哲基埃·勒沃维奇，到各国走过，您在伦敦和维也纳见过希纳家的宫殿吗？”

亚达的父亲愧疚地笑笑，说：

“我们跟他们也不那么近。”

“真的？不那么近？请你告诉我，为什么？你亲奶奶不是老希纳的表姊妹吗？两人小时候光着脚，一起在泥地上跑。后来，她嫁给你爷爷。你爷爷那会儿在贝尔迪契夫做衣服和旧家具生意。”

“大家管那些东西叫旧货。”本突然插话说。

“别插话，”母亲严厉地训斥道，“你不知道什么叫旧货。旧货商是自己背着破衣烂衫，挨家挨户上门推销。而你爷爷有一家店铺，还雇了伙计。平常年间是一个，年景好的时候是两个。所罗门·希纳就是在那时期干活发的财，他子孙发达，财也发得更大，几代人积下来，到今天恐怕和英国大阔佬罗斯柴尔德不相上下了。”

不过说到这里，她从大家怀疑的神情上，觉得自己也吹得太过了。

“当然，他们比罗斯柴尔德还是要少几百万、两三百万吧，确数我也不清楚。不过他们确实很阔，而且我们跟他们是亲戚。这是不应该忘记的。可怜的伊斯拉埃尔呀，你要是胆子大一点，要是早点换掉这副惨兮兮的模样——你哥哥在时说过，你生下来就是这样——你这会儿没准也是本城的一个人物了。钱是钱，天生归天生。”

“钱……”父亲轻轻地说。

他叹了一口气。心虚地笑了笑。大家都不出声了。他往杯子里倒了一点茶，低头喝了。对大家来说，钱是好东西，可是对犹太人来说，钱却是像水，像空气一样，是必不可少的东西。没有钱怎么生活？拿什么去贿赂？当报名人数超过招生名额时，怎样让学校收下自己的孩子？怎样获得四方游走搞推销的许可？怎样逃避兵役？啊，上帝，没有钱，怎么生活？

外公微微张了张嘴，继续使劲回忆他的作品十二章七节需要引用的一首圣诗。在他看来，叔嫂两人的闲聊仿佛不存在似的。只有那些不会抛开利益去冥思遐想，不会陶醉于纯粹的精神享受的凡夫俗子，才会把外部世界看得重要。

赖莎伯母看着这间寒伧而零乱的房间，掩盖不住内心的鄙夷与嫌恶。从厨房里冒出来的柴烟被风一带，直往他们身上蹿。印着银色棕榈枝的深绿色壁纸早已肮脏不堪，多处出现裂痕。唯一的长毛绒扶手椅已经磨损，且高低不平。这时，传来一阵非人的惨叫，原来是河坡上一个醉鬼，被警察逮住一顿暴打。现在，赖莎伯母没有别的指望，只能依靠自己发财了。然而，她以前做的就很尽力了。作为一个年轻姑娘，她对媒人的帮助不太满意，就自己在本城的大学生中寻找佳婿，料想以他们的聪明和认真，能够谋个上好的社会地位。她反复寻找了好几个，从不气馁，直到他们中有一个掉进陷阱，被她费了一番功夫逮住！那么多个黑夜，她不声不响，在闺房里耐心地给丝裙缲边，给旧帽子翻新！在故乡这座城市的大街上，每到黄昏，就有那么多待嫁的姑娘和那么多英俊青年在大街上亮相，展现自己的风采，而她也在街上走过那么多长路！为了把意中人从那么多美丽又富有的女友那里抢过来，她默默忍受了多少白眼，遭受了多少侮辱，又费了多少心机，做了多久的梦！不声不响的酷烈争抢，持续了多久时光！可是到头来，她成了个可怜寡妇，无依无靠，还能干什么呢？她老了，费那么多工夫、用那么多心机征服来的丈夫突然间就死了（一个好丈夫，本城第一个印刷厂老板），留下一儿一女，漂亮的老大里拉年方十二，还有本这个淘气的家伙！里拉成了她唯一的希望。

里拉穿一条校裙，她皮肤白皙，长一头棕发，漂亮脸蛋显得娇嫩又严肃，长长的头发披下来，用一条黑缎带在后颈上盘了一个大花结。而本则长着一头黑色的长鬈发，脖子细瘦，皮肤白得透明。两姐弟并排坐着，上身挺直，好奇的目光里夹着一丝惊疑，直往四处溜着。此外，本的样子看上去更像嘲弄，而不是恐慌。他有六岁了，这个年龄应该算小毛孩，可是脸上那些嘲弄、精明、痛苦的表情（如果一个这么小的孩子能够体验这些感情的话）却使他看上去要大一些。他的举止行为不时让人想到体弱多病却又诡计多端的猴子。他的脸上一刻也不曾平静，身子总在不停地颤抖。他的话不多，但是微笑和目光很有感染力。他挥着手，努着嘴皮，一会儿模仿母亲，一会儿模仿叔叔和外公。他这样做，不单单是出于嘲弄，还是因为一种无意识的模仿。屋里的一切都让他觉得新鲜、有趣。他揭开一只糖罐，盯着被关在里面的一只苍蝇，然后眨眨眼睛，做了个可怕的鬼脸，低下头，瞅准它那些小爪子的运动，突然伸手把它捉住，握在手心弄出来，扔进亚达的茶杯。他又抓住叔叔的怀表，灵活的指头七摸八弄，一下就把表盖打开了，那些表针被他拨弄得团团转。隔上一阵子，他就从位置上溜出来，走到窗边，把苍白而眉目不清的小脸贴在玻璃上，可是玻璃被冰蒙住了。于是他把头左右来回转着，哈出的热气在玻璃上形成了一个湿润而阴暗的圆圈。这样一来，他就看见了外面的街道，在那里，所有的店铺都熄了灯，一个人影也没有。于是他回到里拉身边。

在烟雾蒙蒙的旧天花板上，在人影与斑渍之中，亚达寻找一个白色的人像，那人像十分窄小，只有她一个人看得见。她微微倾侧身体，保持一定的角度，就能看见。那人像朝她俯下身，发了个神秘的暗号。亚达不好意思地笑起来，躲到父亲背后，紧贴着他的肩膀。慢慢地，她闭上眼睛，睡着了。

四

亚达满了七岁，已经慢慢地习惯了与伯母和堂姐堂兄一起生活。里拉和本也不烦她。伯母只在父亲面前才照料她。父亲不再带她出门，在家休息时也不怎么管她，于是她就比从前更加无人照料，独自不声不响地在破旧的长沙发上或院子里玩耍。礼拜天，里拉会带小堂妹出门走走。在与城里的男生约会时，带上这个小妹妹方便多了，她会乖乖地跑在前面，从不搬弄什么，回来时要她编什么谎话都成。

冬天，年轻人在糕点铺约会（他们到了爱情刺激胃口的年龄）；他们在这里要了数量惊人的心形糕点。那里面灌了奶油，盖了玫瑰色的糖面。他们也大方地分一些给亚达吃。吃糕点时可得当心，不要把粉屑落进大衣缝里，要是叫母亲那明察秋毫的眼睛看见，就会明白她们干了什么。母亲在提到里拉的时候，总是带着嘲讽的口气说：

“我闺女是不会骗我的。一个波西米亚人不会让别人骗。”

这句本地谚语的意思是，老子就是欺骗别人的老手，你再狡猾，也别想骗过老子。当然，赖莎伯母似乎知道她指的是什么……不过她从没有注意里拉回到家里时那红红的面颊、描黑的眼圈、凌乱的头发。夏天，年轻人在公园见面。城里有四座公园：尼古拉广场、植物园、山上的沙皇花园和商人俱乐部。在灰尘弥漫的礼拜天，姑娘们戴着扁平的窄边草帽，手牵手在音乐亭周围散步，围裙扎得紧紧的，突显出已经有些隆起的胸脯，腰下的裙子鼓鼓蓬蓬地撑开。男孩子们穿着浅色罩衫，扎一根嵌有血淋淋的帝国鹰徽的皮带，后脑勺上扣一顶法国军帽，一副胜利者的样子。男孩女孩交换过温情脉脉的目光，也传递过情意绵绵的纸条。军乐团的铜管乐在粉红的黄昏里震荡。中学的学监不停地这里那里奔走，留意孩子们的那些爱情伎俩。规约是严厉的。可是孩子们自有办法对付。当天色黑下来，他们就到了栅栏外面，沿着空阔的大街缓缓行走，整条大街上只有一个摇着铃铛卖冰淇淋的小贩。亚达从堂姐那里双手接过一只小贝壳装的巧克力冰淇淋，跑在她和小男友前面，仔细观察着可疑的幢幢屋影，要是发现有人经过，就吹声口哨。在晚间温热的空气里，冰淇淋慢慢化了。

春日的一天，里拉带着亚达，和她的小男友去植物园散步。那是个相当荒凉的地方。几只铁笼子里关着一些无精打采的动物：一只身上长了虱子的高加索雄鹰，几头狼，还有一头渴得直喘粗气的老熊。有一只笼子空着，据说，原来里面关了几只狐狸，可是几年前它们在地上打了洞，逃走了。就剩下一些铁棍、一把生锈的大铁锁，还有一块写着“狐狸”两字的牌子。牌子在风中咣咣地晃荡。不过亚达总是希望哪只小狐崽子能够回到这里。她把脸贴在栅栏上，徒劳地呼唤：

“来吧，让我看看，我不会告诉任何人你在这儿！”

到后来，她失望了，才闷闷不乐地离去，把一块面包掰碎，扔给狼和鹰吃。可是动物们病恹恹的，动也没动。亚达悄悄看一眼里拉，见她正坐在小男友身边，根本没有想到要照看小堂妹。那天被她选中的是个殷勤的小男生，年纪不过十五岁。亚达觉得无聊，蚊虫缠着她裸露的胳臂一个劲地蜇；于是她绕小径慢慢地兜了一圈，接着单脚跳，一直跳到两块大石头前面，当地人称那两块石头为“didko”和“babko”，就是“老爷爷”“老奶奶”的意思。它们线条模糊，形状隐隐有点像人。有人告诉亚达，在古代，这两块石头曾经是异教徒的偶像：男的是雷神，女的是他妻子，掌管生育的女神。在这两块石头脚下，至今还看得出当年的祭坛，还有在石头上凿出的承接牺牲者鲜血的槽沟。不过，在亚达看来，这是两个亲密的朋友，真的，就是被太阳晒得暖和和的，正在家门口打盹的爷爷奶奶。她在两块石头后面用树枝与枯叶搭了个小窝棚，虽然比一只鼹鼠夹子高不了多少，可是在她的想象里，这就是他们的家，白天他们出屋晒太阳，晚上他们进屋睡觉。她用黄色的雏菊扎了个花冠，戴在凶狠的偶像额头上。花冠上缀着黑色的心形叶，发出辛辣的气味。接下来，她爬上老雷神的肩膀，像摸狗一样抚摸它。可是不久她就觉得乏味。

她过来扯里拉的裙子，说：

“来吧，我们去走走。”

里拉叹口气。她性子太柔，耳根子软，禁不起亚达死磨硬泡。她想用糖果和气球来收买这个小妹妹。气球是用红色的羊肠薄膜做的，卖的人管它叫“后娘舌头”。只要往气球嘴里吹气，气球就胀大起来，发出一种刺耳的尖声。不过亚达不是听到一点许诺就改变主意的人，再说，里拉也没钱了，她的小男友也没有。

因此他们只好放弃那个由树叶和苔藓构成的隐蔽角落，出了植物园，往山顶上走。

好多漂亮房子！亚达从没来过这里。家家户户前面都有一道紧闭的高大栅门，走到每一道栅门前面，她都要走近去观看里面种着椴树的花园。有时，街面上有一辆马车驶过。这里的一切都显得富有、安谧。在一道镏金的栅门前面，亚达看见停着一辆马车。一个年纪与本一样大的小男孩由一个女人领着从屋里走出来。亚达从未见过穿得这样好看的小孩子。她认识的男孩，不是穿着中学的校服，就是穿着犹太街区的破衣烂衫。这个孩子穿一件乳白色柞丝绸上衣、一条棉质的大披领。不过他的模样与本十分相像，都是黑亮黑亮的发鬈、尖细的小鼻子、细长的颈子——太长了，而且往前倾，就像一只形象怪异的鸟儿——两只眼睛亮亮的，却又有些发蒙，就像强烈的光亮照在油里面……亚达抓紧里拉的手，紧张得说不出话来，只是将头朝那个男孩点了点。马车开动了。

“那是希纳家的人。”里拉的小男友说。

接着，他望着里拉：

“跟你们同姓哩，嗯？你们是亲戚？”

“我不清楚。我想不是吧。”里拉低声说，看着眼前这座房子，想起自己所住的下城破屋，不由得脸红。

“这是些犹太富人。”小男友半带敬意半是嘲讽地说。亚达虽然很小，可是对这怪异而微妙的语气却听得出来。“那小家伙名叫哈里。”

他伸出双臂搂住里拉的腰，专横地命令亚达：

“捂住眼睛，数到一百下才能松开。”

亚达照着做了。里拉与小男友久久地拥抱在一起。亚达从指头缝里偷看他们。接着，她觉得这没有意思，就登上一块石头，透过栅栏空隙，看着里面古老椴树遮荫的房子。那座房子带着立柱，高大轩敞，气派不凡。

迄今为止，她只是以一个聪慧的孩子天生的好奇心来认知周围的事物，对外界的注视从没带来什么特别的快乐。现在，她忽然感受到了这种快乐。它就像一道闪电，锐利地，但又柔柔地钻进她的内心。她头一次看见了天空的美丽颜色，那是一种淡淡的紫色，紫中带黄，就像果汁冰糕。一轮淡黄淡黄的月亮，圆溜溜的，没有光晕，浮现在仍然明亮的天空。一丝丝轻盈飘逸的云霞在天边流动，好像是被月亮吸引，又像是要融进月光。亚达从未见过这么美丽的天空。也从未见过希纳家这么气派的房子。暮色初起，一眼眼窗户开始亮起灯火，亚达扫视着它们，想猜出哈里住在哪个房间。她选中了右边那眼像星星一样明亮的窗户。她把发烫的脸贴在铁栅上，轻声念着：

“哈里……哈里……哈里……”

望着绚丽的天空与漂亮的房屋，亚达感受的是同样甘美的几乎带着痛苦的快乐。这个陌生的名字，怪异的名字，和悦雅致的名字从她的双唇间发出来，那滋味就像一个亲吻。

五

纳斯塔琪娅每年洗一次窗玻璃。一般是在复活节前夕。其余时间，玻璃上总是积满污垢。外面，是雨水留下的污迹，里面，则是小孩的脏手与哈气留下的印渍。就是阳光最明媚的白日，房间里也是光线微弱，若明若暗。再说，亚达从前也没有注意到这点，只是在她和本同时病倒的那年，不得不在自己房间里躺了将近一个月，才觉得屋里有点暗。

这是一间阁楼房，地板漆成黄色，墙上贴了绘着中国男女图案的壁纸。发烧的时候，亚达就和本一起，小声数着从床上看得见的人物，数了一遍又一遍。那些中国男人戴着大草帽，拄着手杖，裸着两腿望着中国女人，那些女人则忸忸怩怩，躲在阳伞下装娇使媚。红男绿女，可是有一条天沟从壁上经过，深色的水渍洇化了颜色，将之合成一种介于李子与雁来红之间的紫色。每张床头上方，孩子们耐不住无聊的手指早就撕掉了壁纸，用铅笔在雪白的石灰壁上描绘了一些人脸与动物。房间一角，从天花板上挂下来一张蜘蛛网，它一边等待复活节前夕的扫帚来发落，一边在厨房不停吹来的气流中摇颤。厨房在这套房间深处，门始终敞着，为的是让纳斯塔琪娅的那些情郎随时可以上来。

每次亚达或本生病，赖莎伯母就拿点猪油在烛火上加热，拌上松油精，抹在她干瘦的手上，在孩子胸部和背部搓擦。接下来，她拿来滚烫的茶水，喂他们喝下。要是病情确实显得很重，她就会拿一块纱布，抹上一匙蓖麻油，敷在孩子颈上。为了让嘴里的药味早点消除，里拉悄悄地把从城里买的鸡蛋蔬菜小馅饼和从崇拜者那里得来的糖果拿给他们吃。糖果在那些男孩兜里放了一个多星期，早就变得黏糊糊的了。这样一来，在亚达和本看来，生病就是好事情了。只不过病得久了点。发烧、无力、咽喉疼、耳朵涨，总是没个消停。最后，孩子们厌烦了，整日整夜都睡不着，也不再用纸剪娃娃了。病了将近三个星期之后，本才冒出一个爆炸性的想法，他们乏味的日子才有可能得以改变。

他们就像地球上的所有孩子，开始玩围岛游戏。他们两人瓜分了一些想象的地方，可是还不够。后来，谁也不知道，究竟是亚达还是本头一个发现了他们称为“游戏”的活动。活动内容是，所有孩子在一个早上集合，跟随亚达和本，去一个陌生的地方，并在那里独立生活，绝不要一个大人加入。他们有自己的法律，自己的军队，自己的部长。泥瓦匠的孩子建造城市，画家的儿女则负责涂抹墙壁。这个地方应该很难进去，四周都是嶙峋巨石，再说，也没有人会想到去那儿寻找他们。因为他们认为，大人们摆脱了孩子的麻烦，只会感到太高兴！他们不是听到父母不断抱怨吗？样样东西都这么贵！……穿的，吃的，还有教育……孩子长大后，是闺女得给她陪嫁，是儿子得助他成家！……现在，得知他们在远方生活，快快活活，做父母的哪有不高兴之理！

亚达闭着眼睛，一脸烧得彤红，想象着出发的情形。这是一天清早。或者，夜里动身更好，伸手不见五指的黑夜。大人还在睡觉。孩子们光着脚丫子，悄无声息地从每座房子里走出来。每人都带着一盏小风灯（这点最为重要），藏在大衣下面。他们在远离城市的某个地点集合，然后出发。他们走起来自然比父母快得多，因为父母老了，身体笨重。即使父母想把他们抓回去，也不可能赶上他们的步伐。那支队伍的成员，亚达都看到了，他们都是本区、本城、全俄罗斯的孩子，是在阴暗的森林里或河岸上集合露营的灵活小身影。在到达目的地之前，他们要在路上走很久，几周，几月都说不定。那地方在哪儿他们不知道，但是他们相信会看见那里。那里有野兽可以打猎，有敌人可以玩战争游戏，有干燥的土地可以耕种或征服。

“本，我们给它取个什么名字呢？”

可是，在取名问题上，他们总是无法达成一致。

“可要是家里人报警，让警察来找我们呢？”

“为什么？你以为还有人会惦记我们？”

“可是，你记得，去年裁缝的女儿小洛兹死了，她母亲哭得死去活来……”

“可那是死了，傻瓜；我们，我们可是活得好好的！”

“可要是大人生气，说我们没经准许就离家出走，要派警察来把我们抓回去，怎么办？”

本的眼睛晶亮晶亮。

“皇子们会跟我们一起走。警察自然得听他们的。”

“你认为皇子们会跟我们走？”

“那当然。他们跟我们一样。你以为他们不喜欢自由，不想盖房子，不想在商店讨价还价买东西？”

一天又一天，这个游戏有了更多的细节和新的冒险活动。孩子们会有自己的制服、自己的装饰、自己的文学、街道、法律。

“可是谁来当头呢？”

他们互相瞟着对方：小男孩仰卧在床上，把盖毯与盖在身上的灰羊毛围巾一直拉到下巴上；小女孩一肘支身，坐在枕头上。

她只看见本秀气的长鼻尖与一绺黑发。她烦躁地摆荡着额前的刘海，因为发烧，她嘴唇干焦，面颊发红。她穿着短衬衣和一件里拉穿旧的短上衣。从过于宽大的袖筒里，看得见两条细瘦的裸胳膊在活动。她没有睡衣：为穿在外面的衣服花点钱，这是自然不过的事情，可是花钱买人家看不见的内衣，那就不值了。她做了个短促而果断的手势。

“你和我，我们都不做头头，因为我们两个差不多。如果我们当头头，就会弄出两个政府，会引发战争。”

“好啊！为什么不打仗呢？”本问，“你可以指挥那些女孩，我指挥男孩。”

“可是，蠢家伙，必须有个最高长官，来裁决最后打赢的是谁！”

“等我们把你们打败以后，就不要谁来决定是什么人得胜了。”

“可是在开战的时候，”亚达激动得叫起来，“在打的时候，谁来为头呢？总要……”

她做了个模糊的手势。

“别的人……不喜欢打仗的人……”

“你说让谁做呢？”本狐疑地问。

亚达低下头，轻轻说：

“哈里·希纳。”

仅仅说出这个名字，她的心就猛地一紧。她把这个名字藏在心里好久了。自从见到他那一刻以来，时间已经过去半年多了，她也没有再见过他。不过她没有一刻将他忘记。就这样轻轻地唤声他的名字，她就觉得他突然出现在她寒伧的房间里，站在她与本之间。

本冷笑道：

“那是个什么东西？”

“什么东西？比你还高大！”亚达叫起来，声音气愤得直颤抖。她以了解男性的女性本能确信，她寻找并且找到了男人心里的脆弱点（本有八岁了，可是个子偏矮）。

“他至少比你高，”她用手比画着哈里的身高，“也比你壮！他知道你不知道的事情。他会骑马。”

“你看见他骑马了？”

她点点头，表示自己没有说假话。

“假的！”

“不，真的！”

他们气得脸都变了形，扯开喉咙，互相朝对方扔了一通“假的”“真的”。当他们吵累了，嗓子嘶哑了，终于不做声了，就听见纳斯塔琪娅在厨房里有气无力地唱起歌来。赖莎伯母在阿尔什旺家订衣，她那身城里人打扮就是从那个裁缝那里来的。男人们各忙各的事情去了。里拉去了学校。

“那你发誓！”本最后说。

亚达像纳斯塔琪娅那样发誓：匆匆画了个十字。

“我以圣十字的名义起誓！”

“骑马不难，”沉默一阵过后，本又开口了，“倒是买一匹马很难。不过，他肯定爬不了电车，不敢揪着电车门在城里游一圈而不让警察发现；也不敢带着犹太区的孩子与市场区的孩子开仗，也不敢一个对十个……”

“你一个对十个来着？什么时候？”

“女孩儿，你还没长牙的时候，我就干过不止一次了。”本回答道，带着深深的不满，学着纳斯塔琪娅回答一个卖鲱鱼的女贩子的口气。那女贩子是她的情敌，骂她嫁不出去，说那些情郎没一个想娶她。

可是亚达和本毕竟早就吵累了，都不出声。再说夜晚已经来了：这是冬季，天黑得早。一只蟑螂舞着触须，不急不忙地穿过房间。另一些在墙上爬。房间里烧了暖炉，它们觉得暖暖的，十分舒服。家人都不驱赶蟑螂，这是家有钱财的象征。透过结冰的窗玻璃，看得见附近鞋匠铺微亮的招牌。那是一块镀金铁皮剪成的靴子，配了马刺，上面盖上了雪，由低矮的路灯照着。天地间一片静穆，不过沉闷、乏味。亚达把脸埋在枕头里，闭上眼睛。透过低垂的眼帘，她在茫茫夜色中看到一条漫长的道路，不过那是一个夏夜，夜色浓重，气候温暖。她与哈里并肩行走。哈里累了，她伸手搀扶，哈里饿了，她给他吃的。接下来，是她感到恐惧，是她觉得冷，是她浑身不舒服。于是哈里安慰她，保护她，给她打气，让她放心。游戏变得像一场梦，画面虽然清晰，可是光线却有些特别，灰暗、惨淡，就像晨曦初露时分。而声音（与他们一同出走的孩子们的声音、哈里的笑声、他们行走的脚步声）虽然清晰，却像隔了一定距离，轻微而悠远。哈里！多么可爱的名字……多像个王子……光这个名字就足以让人生出爱情……即使她没有见过他的模样和他家的房子……要是能够进屋，哪怕只在门口，看看哈里的卧室，瞧瞧他的玩具该多好啊……没准他会同意她摸摸那些东西。没准他会把一本本书、一盒盒彩色颜料、一只只皮球塞到她手里，说：

“拿去吧。大伙儿分着玩。”

她几乎以为听到哈里在她耳边悄悄地说话。她兴奋得进入了一种似睡似醒的状态，觉得那想象的男伴跟她脸贴脸，他的脸清凉嫩滑，像只果子。她抓着他的手，睡着了。

六

下城的犹太人都信教，而且死守他们的风俗习惯。住在富人区的犹太人也严格地恪守传统。在下城的犹太人看来，犹太教已经在他们身上扎下了根，要他们抛弃这种信仰，就像要他们把心肝剜出来一样难。而在富人区的犹太人看来，忠实于父辈的礼仪似乎是一种教养、一种尊荣、一种美德，相当于，甚至还要超过一种真正的信仰。而处在这两个各以自己的方式表现虔诚的阶级之间的，是以另一种方式生活的小资产阶级和中产阶级。他们提到上帝是为了做成一笔生意，治愈一个亲人、一个配偶、一个孩子，事情一完，他们马上就忘记了上帝；要不，他们想到上帝，既是出于一种迷信的恐惧，又是出于一种隐约的怨恨：你向上帝祈求的东西，上帝从不恩赐……

亚达的父亲不时到神殿去拜一拜，就像去拜访一位大财主家，那财主要是愿意，可以帮你把生意做成，也可以把你拉出苦海脱贫，只不过有太多的人需要他保护和帮助，另外他也太富有，太伟大，太强盛，不可能想到你这个地上的卑微人物。然而，他想不到你，你还是可以到他经过的路上去拦他……为什么不呢？他没准会把你认出来？……或者，当处境变得十分糟糕的时候，你会在嗫嚅中、在叹息中提到他：“上帝啊！我的好上帝啊！”你怀着隐隐的希望，也带有一丝苦涩而无奈的责备：你为什么把我扔下不管？

不过传统实在过于复杂、太不正规，没法不折不扣地遵守，丝毫也不走样。人们接过传统，又留下传统。每年有一天斋日，逾越节这天，人们只吃没发酵的面包。在那一天，如果盘子里放了平常的俄罗斯面包，就犯了一宗大罪。不过由于粗心，这样的事情发生过一次，倒也没见弄出什么灾祸：上帝并没有把一家老小处死。人们照样活着。亚达小时候确实见到周围大人们诚惶诚恐过斋日的情形（她后来甚至把这个情形也忘了）。父亲告诉她，人的生命中，这一天是很严肃可怕的日子，因为在这一天，上帝在膝头上翻开一本大书——“和你外公的账本一样大”——在正面记上每个人做的善事，在背面记上犯的罪孽。于是亚达明白了，这一天要不吃不喝来打动上帝。可是在她看来，她是不应该饿肚子的，因为她年纪太小，身体太瘦；再说，孩子们的良心上也没犯下什么大罪。要犯也是以后的事。她从不知道究竟是父亲只知道这么点儿宗教知识，还是觉得她太小，说了也不懂，干脆不往下说。

至于赖莎伯母，她从出嫁起，就属于一个更加发达的阶级。那个阶级荣誉攸关的事情，就是尽可能远离普通犹太人，被他们（多么轻蔑地）叫做穷光蛋的犹太人。

这样一来，在希纳家，犹太教就不仅不再带来快乐，而且带来许多烦恼。大家真恨不得扔下这些穷鬼，让他们守着他们的破落、穷困和迷信好了。可惜因为这所破房子、底层这个店铺，还有这条街道，大家没法把他们完全忘掉。这条街道虽然不在隔离区，却离隔离区不远，闻得到那里的气味，听得到那里的声音，还不算其他更严重的，有时更悲惨的苦难：对犹太人的大屠杀。

亚达有八岁了，虽然没有见过屠杀犹太人的情形，但是正如人们知道有死亡一样，亚达也知道有两大危险存在，虽然它们也威胁别的地方的人类，但是尤其青睐这座城市、这个街区的居民。不过，这两大危险既可以出其不意地落到她身上，也可以大大方方地放她一马：这种不确定的状态足以使她安下心来。再说，由于大人们在她周围那么频繁地谈论这两个危险，他们的话也就不再影响她的想象。正如一个出生在火山附近的孩子绝不会想到火山有可能喷发，至少他从未亲眼见过火山喷发。这两大危险就是大屠杀和霍乱。

亚达认为，大人们谈论这两个危险，都是一个模样：压低声音，连连摇头，抬眼望天，发出长长的叹息。当三伏热天，在下城已经闹腾得非常厉害的瘟疫更加肆虐的时候，当春天，香客们带着遍体鳞伤和一身虱子出现时，当发生饥馑和干旱的日子，人们便悄悄地议论："今夏，逃不过这一……"当俄罗斯发生某个事件，幸运或不幸的事件（如实现和平、发生战争、获得胜利、遭受失败、久盼不至的某个皇室继承人降生、一场谋杀、一起讼案、爆发革命或者国库亏空），就会嘀嘀咕咕响起同样的声音：

"这一年是逃不过了，不是下个月，就是今夜明日……"

亚达漠不关心地听着大人们的议论，以至于大屠杀真的来了，她还浑然不觉，虽说八天来大人们一直在她面前谈论动乱、屠杀、店铺被抢、妇女被杀、姑娘被……每次说到这里，大人就低下头，里拉脸上就显出一种特别的单纯，好像是在说："你们在说什么呀？我可不愿意听。再说，我就是听见了，也不明白你们说的是什么。"里拉越长越漂亮，开始把长辫盘成一个沉甸甸的大发髻，堆在后脑勺上。窄小的前额和脑门上，则垂挂着松松散散的头发。她的皮肤白得透明，头发却暗得发出蓝蓝的光泽，鲜明的对比招来众人的注目。她的手秀气、娇嫩。虽说她在公园里与一些男生约会，也与一些人互相亲吻，却没有染上什么恶习，赖莎伯母这样认为，在这方面她有的是经验。

赖莎伯母把希望寄托在里拉身上……里拉是那样甜美，皮肤白皙，脚步很轻，女人味十足。尤其是她由于内心渴望被人爱慕，举手投足之间就有了一种娇羞而温柔的妩媚，就像是一种召唤，具有强烈的魅力。可爱的里拉……大伙儿都喜欢她。本经常说："她是一只母鹅，一只漂亮的小母鹅，又白又嫩……吃起来一定鲜美得很。"本又加上一句。他虽然才九岁，可是比十五岁的姐姐还要理解生活。母亲对里拉总是又怜爱又担心。就像一大棚赛马里面，添了一匹漂亮的小母马，马棚主人对它是又慈爱又不安，因为它还没有表现出自己的能力；如果在跨越第一个障碍时不把腿摔断，它没准会在哪天不负众望，取得优胜。

总之，在女儿身上，赖莎伯母是寄予了最大的希望。光想到给她找个好丈夫还不够！不行！还有别的事情要想！……里拉……另一种命运在等待里拉。她不是当个演员，就是做个舞蹈家……要不，就到大歌剧院做个歌唱家。她是这样柔顺，可塑性这样大。母亲完全可以按她的意愿来塑造她。里拉可不像亚达，那个亚达是没有什么希望了！……那个小家伙一时闷头闷脑，一时骄蛮无礼，脾气犟得很，总是心不在焉，不知想什么……总之，她可不会为亚达费心思。自己两个孩子的事情还忙不过来，还有工夫管她？有句俄罗斯谚语她总是挂在嘴上，那意思是："自己的衬衣离自己近。"不过，当赖莎伯母说"孩子……我的孩子……"的时候，心里想的其实只有里拉。因此，动乱一起，她就把里拉送到乡下一位亲戚家避难。那是一个信奉东正教的家庭，境况不错。因此在那个屋顶下面，也就不会有什么危险。至于亚达和本，看看情况再说。

这一年，亚达头一次发现了外公的书籍。她还没有上学。入学考试的日子她正好生病。不过家里给她请了个大学一年级的学生做家教，除了供给午饭，一年还送两双皮鞋。她学得不错，表现聪颖，很有悟性，不像本那样迷糊，也没有他那样暴躁。然而赖莎伯母对此却不高兴。

“为什么一个犹太孩子，不是聪明透顶，就是愚蠢至极？”她尖刻地问道，“里拉的脑子像个八岁小孩，而本呢，你要是说他一句，他会像个饱经沧桑的老人，回你十句。现在亚达又学上他了。他们怎么就不能和大家一样，既不太聪明，也不太愚蠢呢？”

不过，她这个问题，没人能够回答。

外公的书籍不是俄国的作品，就是英国、德国和法国的古典作品的译本。整整一个陌生的世界在亚达面前敞开，那个世界是那样绚丽多彩，使得现实世界相形见绌、顿失颜色。波利斯·戈杜诺夫、魔鬼、阿塔莉、李尔王说些深奥难懂的话，每个音节都是无法形容的珍贵。而在亚达看来，父母那些单调乏味的话有什么意思？人们口耳相传的那些消息没有多大意思：“据说将军兼总督收到了死亡威胁？……据说宪兵队长受了伤……据说有些犹太人被捕了……这是真的吗？……很不幸……甚至，若不是真的……上帝保佑我们……”

有一天，亚达总算把书放下，正要上床睡觉，却听到街上传来一阵奇怪的低沉声音。平时，在这个季节，街道上总是安安静静。这是一个二月的夜晚，还不算太冷，可是雪下得很厚，风也很猛。那些人在外面干什么呢？亚达走到窗户前面，往玻璃上哈了几口热气，化掉上面的冰，然后贴上去往外瞧。她看见一群人激动地在街道上来来去去，不时地喊上几声，发出几声啸叫。亚达不明白发生了什么事情，这时赖莎伯母进了房间。她脸上现着一块块红晕。每当她生气或者很激动的时候，皮肤上就会突然冒出这样的色斑。她一把抓住亚达的胳臂，把她从窗边推开。

“你在那里干什么？多么难带的小孩！”伯母咆哮道（她显然乐意手下有个侄女儿，因为恐惧也好气愤也好全可以往孩子身上发），“需要你的时候，你总不在场，用不着你的时候，你却总是钻进人群凑热闹！……亲爱的小宝贝，这样不安全。”这时她的语气突然变了，原来亚达的父亲在门口出现了。

亚达对这突然的变化并不惊奇：她早就知道伯母有两副面孔，两种声调，而且刚才还在破口大骂，转眼之间就可以变得柔声柔气，那种变幻自如的本事，简直令人无法想象。这回又是一样，尖厉的叫骂刚刚从嘴里出来，马上就变成了柔媚的埋怨，嗓音就跟笛声一样和悦好听。

“孩子，你太不懂事了。不是早就该上床睡觉的吗？十点钟早过了。去吧，阿多契卡，去吧，小乖乖，不过……”

她与小叔子交换了一个眼色。

“不要脱衣，也不要脱鞋。”

“为什么？”

大人没有回答。

“今夜不会发生什么。”外公也开始说话了。“他们砸碎一些窗玻璃后就会回去睡觉的。等军队赶来，那时，只要……”

他没有说完。三个人都小心翼翼地走近窗户。房间里没有点灯，只从隔壁房间借了一丝光亮。可即使如此，亚达的父亲也走过去，把灯拿在手上，把灯芯拧得很低，只让灯发出一星黑烟袅袅的红色微光。亚达好奇地看着几个大人。他们在黑暗中紧紧地挤在一起，悄悄地说着什么，还轮流往黑乎乎的玻璃上哈气。可是亚达年纪还小，睡眠的需要突然一下就占领了她的身体，就像喝醉酒似的。她深深地打了好几个哈欠，摸黑走到床边。因为伯母叮嘱过她，她就和衣和鞋在床上躺下来。她钻进被窝深处，一丝微笑挂在嘴角上。这张旧床干爽爽、暖融融的，她就在下城的窗玻璃被第一批石头砸碎的声音中睡着了。

七

头几天，破坏还只限于黄昏临近时开始的这种骚乱，人们叫上一阵，骂上几句，砸一顿玻璃，然后就平息下来。白天还是比较平静的。然而，大人不再允许孩子出门，他们就只好并排坐在旧沙发上，一坐就是好几个钟头，继续他们创造的游戏，不过在玩的时候不断地丰富与发展，到后来，游戏成了一个真正的史诗，人物上千，有战争，有投降，有围城，有胜利。每晚都有一些新的传奇故事冒出来，就像一棵老树生发的新枝。这个游戏忙得他们喘不过气来，身体发热，嘴巴发干，连黑眼圈也出来了。但等黄昏降临，他们就玩不成了，因为大人不许他们点灯。整个下城的人都躲在阴暗、狭小、燠热的房间里，缩在双层玻璃后面，连大气也不敢出。

不过，有一天，真实世界终于比梦想世界更强大，本与亚达已经产生了强烈的幻觉，不再倾听对方说什么，两人脚打着沙发木档，异口同声地用一种低沉而平板的声音说话，突然，他们听见那些流言，那些呢喃细语不再刺激他们的耳膜，他们听见一种野蛮的、非人类的喧哗响起来，离得那么近，就好像是从他们屋里、从墙里或者从陈旧的地板下面响起来的。与此同时，房门开了，一个人，他们没有认出那张恐惧得变了形的脸来，一个人突然出现在他们后面，抓住他们，推着他们，拖着他们往外走。本的鞋子掉了，叫嚷着要他松手，好让他捡回来，可是那人不听。那人拖着他们穿过房间，从厨房门里出来，被一些人抓着手腕、手掌、双腿，拉的拉、送的送、扔的扔，终于从一道楼梯来到屋顶下面的阁楼层。

他们落到楼板上，在黑暗中摸到一个放箱子的角落，楼板上放着一个古老的烛台。这是顶层的一个杂物间。亚达的父亲——现在他们从门那边他粗重而急促的呼吸声里听出是他：他的心脏猛跳，气喘吁吁，呼吸刚刚狂跑了一阵，心脏好像要蹦出来了——他从锁眼里对他们小声说：

"别动，别哭。藏好。"

接着，父亲又更低地说一句：

"别怕……"

"可是，我不想待在这儿！"亚达叫道。

"别叫，倒霉鬼！别动。一句话也不要说。不要出声。"

"可是，爸爸，我们不在这里睡！"

"叔叔，我们要吃东西！"

门锁上了。他们使出全身力气捶门。可是父亲匆匆地下了楼。他们听见他抽走了楼梯。等到两人独处时，本冷静下来了。

"叫也没用。做什么也没用。他走了。"

阁楼间朝向一个天井。四面高墙，封锁着又窄又深的井筒。一时可怕的喧嚣沉寂下来，人声远去了，他们以为发生了奇迹，听见汹涌的大海在古街上流动，浪涛拍打着屋墙。一时间，士兵、流浪汉、职业抢匪还有歇斯底里的犹太人聚集在隔离区入口，而且这事就发生在他们家门口，就在他们家的几道门之间，可是亚达与本一点也不知道。从民众中间传出一些疯兽的吼叫。人群往前冲去，像古代破城用的羊头撞锤一样撞击着屋墙，想把它冲破、冲裂，可是屋墙岿然不动，他们往后退，再次涌上前，可是屋墙仍然没动。

两个孩子紧靠在一起，坐在箱沿上。事情来得太突然，他们都麻木了，哭不出来。渐渐地，他们从千百个人声形成的单调喧闹中，听到了这种那种不同的声音。他们两手发抖，竖起耳朵，凝神捕捉这些声音。他们觉得这些声音不那么可怕，因为他们听得出来：

“喏，这是砸碎玻璃的声音。你听见碎片落地了吗？这是石头砸在墙上、商店铁门上的声音。这是人群的笑声。有个女人在叫，好像人家剖开了她的肚子。为什么？……这个，是士兵在唱歌。而这，是……”

他们不出声了，试着理解这种有节奏地传来的深沉声浪是怎么回事。

“这是在祈祷。”本说。

爱国的颂歌、俄罗斯教堂的祈祷、开始敲响的钟声，听见这些熟悉的声音，两个孩子倒也觉得快乐……

几个钟头过去了。两个孩子虽不像原来那么害怕了，但越来越觉得所处的地方不舒服：不光是冷，箱子角还硌人。再说，他们也饿了。

本冒出个想法，就打开箱子来看。里面似乎装的是旧纸和破布。他们摸索着在里面翻搅，弄成了一个可供躺卧的褥垫。两个人都抢着把软和一些的布头往身下塞，而把箱底的报纸往对方那边扔，彼此都弄得不愉快，嘀嘀咕咕，争吵起来。褥垫上一股灰尘和樟脑丸的气味，呛得他们一个劲地打喷嚏。最后，他们可以并排躺下来了。他们躲在安全的地方；而且现在比刚才暖和多了，可是他们又怕箱盖倒下去，把人闷死。他们睁大眼睛，在黑暗中紧紧盯着箱盖，慢慢地看出了那微微发亮的铰链锁头。

外面，喧哗在继续。突然，亚达猛地坐起来，发出一声叫喊。那不像她平日的声音，更加粗重、深沉，好像有个人附在她身上，在叫喊救命：

“我受不了啦！再闹下去，我会死的。”

“还会闹下去的，”本生气地说，“我甚至还要告诉你——你可以叫，可以呻吟，可以祈祷，可以哭泣，直到明天早上。没有一个土豆会掉到你嘴巴里！”

“这……没……关系，”亚达结结巴巴地抽泣说，“永远挨饿都没关系，只要他们不闹就行！”

“他们中没有一个会闭嘴的。”本说。

这是明摆着的事情，亚达一下就安静下来，再过一会儿，她就变得很开心了。

“来，我们玩游戏吧？”她说。

“玩什么？”

“这是一条船，”亚达兴奋地说，“一条遇到风暴的船。你明白吗？风很大，浪很急。”

“对呀！我们就是海盗。”本叫起来，并着双脚在箱底上跳起来，箱底的板子像迷失航向的船壳一样吱嘎作响：“解帆！下三角帆，下顶帆，下旗！靠岸！靠岸！靠岸！”

现在，他们高兴了；吹到他们肩膀上的冷气流，就是在黑暗中擦过的冰山的呼吸；晃悠悠的箱子底板的声音、这些拴狗绳一样的布条子甚至这种折磨他们的饥饿都不再是现实，而是一种传奇，一种奇遇，一个梦。外面，依旧传来那些叫喊、求救、喧闹，老街上依旧在禁受那场风暴，那是波涛的轰响，暴风雨的喧哗。好像从遥远的海滩传来凄厉的警报声和断续的祈祷声，他们欣喜地凝神谛听。

本在口袋里摸到一盒火柴、一截粗芯蜡烛、一些面包屑，还有一只口哨和两只忘了吃的核桃。这时他们高兴得到了顶点。

他们把核桃分吃了，这是从最后一棵圣诞树上弄下来的，外面涂了金色，里面的仁却是干的，有点涩口。他们点燃蜡烛，用蜡汁沾在箱子边上。幽微的烛火在阁楼冰冷的空气里摇摇晃晃，更让人生出一种怪异的感觉，好像他们处在一个阴森而动乱的，又像是幻觉，又像是游戏的世界。黑夜就这样退去了。外面的喧闹终于平息下来。被叫喊、饥饿、怪异的环境搞得晕晕乎乎的两个孩子，这时忽然落到箱底，昏沉沉地睡着了。

八

一大早，赖莎伯母就把门推开了。一进来没有见到孩子，她就慌了，不安地四处张望寻找。两个孩子猛一下从箱子里站起来，吓得她大叫一声。他们的衣服脏兮兮的，揉得皱皱巴巴，头发蒙了一层灰，显得灰蒙蒙的。赖莎一手一个，把他们抱出箱子。

“现在街上没有人，”她说，“你们快去里拉的朋友家里躲一躲。现在就可以走。也许要在那里睡一两夜。”

两个半睡半醒的孩子懵懵懂懂地跟着赖莎下楼。他们的手脚冰凉，身子沉沉的，这里那里都不舒服。他们无意识地用手指揉着满是污垢的小脸蛋，想尽力睁大眼睛，可是做不到：两块眼皮沉甸甸的，滚烫滚烫，刚一睁开又合上了。

不过，跨过厨房门槛的那一刻，他们忽然一下醒了：

“不叫我们吃早饭吗？”

“去里拉那儿吃。”

“为什么？”

“今早没生火。”

“为什么不生？”

赖莎伯母没有答话，不过，两兄妹穿衣服的时候，她递给他们一人一块黑面包。这大概是为他们做的，因为她是从一只小包里拿出来的，小包里还有几件衣物。

“你们一人一件衬衣，一双袜子，都在里面，要是……要多……”

“要多……什么?”

“别说了，亚达。要多住几天嘛。”

“我们去那儿干什么?”

“什么也不干。别说了。”

“那么，为什么我们要去那儿呢?”

“傻瓜，你怎么问个没完呀?”赖莎伯母摇着儿子的肩膀，轻轻地说。

她小心地打开临街的大门。纳斯塔琪娅守在外面。

“现在，快走!”

她送他们走了几步。她没戴帽子，也没穿外套。两个孩子从未见过她这个样子出门。外面寒风刺骨。她的脸冻青了，嘴唇发乌。本抓起母亲的手，体贴地说：

“跟我们一起走吧，妈妈。”

他有生以来是第一次这样说话。

“我走不了。得帮着亚达的外公照看房子。”

“人家对他干了什么?”本问道。亚达的脸唰一下白了。她低下头，望着地上。她不知道为什么怕听到回答。

“没干什么，”赖莎说，“只是把他写的东西烧了。他现在像疯了似的。”

“为什么? 多蠢哪!”本做了个鬼脸，“要是他自己被扔进火里，这还说得过去，可是为那些破纸片，值不值?”

“住嘴!”亚达突然叫吼起来，眼泪滚滚而下，“你什么都不懂，你! 你是个……”

她想不出足够有力的话来骂他，就甩了他一个耳光。本还了她两耳光。赖莎伯母把他们拉扯开。

"够了，够了，孩子们！快跟纳斯塔琪娅走！走吧！"

她拥抱了两个孩子，就回身走了。纳斯塔琪娅加快步子。两个孩子扯着她的裙子，跟着小跑，一边惊慌地扫视着周围。这就是他们熟悉的街道吗？他们都认不出来了。它完全变了一副模样，又荒凉，又凄惨。街边三四层楼高的房子受的破坏还不大，只碎了几扇窗户玻璃。而贫民区里众多的破棚子、小摊子、平常屠宰牲口的地方，那些底层一间店堂、中间一间阁楼、上面有个破顶的店铺，一夜之间全不见了，仿佛刮了一场龙卷风，或者发了一次洪水，被连根拔了出来，堆做一堆。还有一些房子，不是缺了门，就是少了窗户，墙壁被熏黑，墙体被捅破，一副被剜了眼珠、惊恐不安的样子。地上一片狼藉，满是五金件、玻璃片、铸铁块、地板条、残砖断瓦，还有许多说不出名字的破烂，有时从里面认得出一只靴子、一只泥盆或者一只锅柄，再远一点有一只女鞋，鞋跟都扭弯了，接着是几把椅子、一只几乎是新的漏勺，还有一只上了蓝釉的陶壶、几只断颈的空瓶。抢劫者把这些东西扔到外面，可是仍有一些东西逃过了洗劫，也不知是什么原因，就像有时发生火灾，某件易燃易碎的家具反倒留了下来。所有的店铺都被搬空了，橱窗黑洞洞的，玻璃全碎了。

一些白色和灰色的羽毛在空中缓缓悠悠地飘摇，它们是从房屋上层被撕破的羽绒被里漏出来的。

"快走！快走！"纳斯塔琪娅催促道。

他们怕这些荒凉凄清的街道，怕这些惨遭劫掠的房子。

在下城与上城的街区之间，隔着一道阶梯。逢上集市日，妇女们用篮子和桶装着鲜鱼、果子和撒了罂粟子的松脆的薄羊角酥，摆在阶梯边叫卖。那羊角酥有一股水和沙子味道。女人们自己就蹲在篮子和桶后面。

纳斯塔琪娅和两个孩子希望赶快逃离这些遭受洗劫的街道。他们以为，只要走出下城，就能见到平常的场景，见到那些快快活活逛商店的人、那些不急不忙散步的人，见到摆满商品的商场。可是，等他们踏进上城的地界，却发现这里的情况似乎也不对……也许，是因为早上光线不好，灰蒙蒙的，看不太清楚吧。这里那里，还有几盏路灯亮着。空气冷飕飕的，预示着要下雪了。亚达穿了不少衣服，可是从未觉得这样寒冷：因为她有生以来头一次没有喝一杯滚烫的茶水就出门了。面包是昨天的，又冷又硬，她好不容易才咽了下去，喉咙都被硌痛了。

他们穿过空荡荡的大马路。店铺还没有开门，橱窗上都还罩着护板：有些商人是犹太人，自然不敢开门，另一些虽然不是犹太人，但是怕那些地痞流氓和“打赤脚的”不分宗教信仰趁火打劫，也不敢营业。不过，那些住着东正教徒的屋子都在阳台上挂着圣像，希望暴民对圣像的敬畏能够制止暴行。

两个小家伙试着让纳斯塔琪娅开口说话，可是她好像没有听到他们问什么，她阴沉着脸，凶巴巴的，毫无反应。平时赖莎指责她把男人留在厨房里过夜，或者把肉烤煳了，或者喝醉了，她也是这样一副模样。她把下巴下面的围巾拉紧，不接孩子们的话，只管往前走。

在教堂前面，他们才第一次看到了人脸。有几个女人站在门廊下看着远处，在激动地议论着。有个女人看到纳斯塔琪娅，大声问：

“上哪儿去？”

纳斯塔琪娅报出里拉的朋友住的街道。

女人们围上来，叽叽喳喳地说：

“愿上帝保佑你！别去那儿了……一些哥萨克喝醉了，把一个女人摔倒在路上，就让马蹄从她身上踏过去……她可是谁也没有搭理，只是安安静静地走路……哥萨克们骑马冲上人行道……不，他们以为她想逃跑：她手上拿了一包衣服；他们想抢过来，她不情愿给，就……不，她和那些大兵争抢起来，马被吓坏了……她想跑过马路，可是摔倒了……可就是不出这档子事，她也免不了一死，还要搭上几个孩子……”

两个孩子扯衣袖，拉裙子，把纳斯塔琪娅拖了出来。他们的围巾被风掀起来，拍打着他们的靠拢的脑袋。

亚达哭起来。有个女人试着安慰她，另一些则呵斥她。那些喝叫的女人争吵起来，互相开骂，最后竟动了手。纳斯塔琪娅劝了这个劝那个，一会儿牵着两个孩子往街尾跑，一会儿又原路跑回，叹息着说：

“我该怎么办呢？去哪儿呢？好人们哪，给出出主意吧！……下城有人抢劫，这里有人杀人……去哪里呢？怎么办呢？”

有个稍稍站在一边的女人朝他们跑过来，叫道：

“喏，他们来了！他们到了！他们杀红眼了！见到什么就踏什么！耶稣基督啊，怜悯我们吧！”

一些哥萨克骑马跑过大街。在接下来的奔逃推搡之中，亚达、本与纳斯塔琪娅被挤散了。他们在慌乱中跑进一家院子，又从那里插进另一家院子，然后进了一条小巷，最后转回到大街上。他们听见哥萨克的叫喊，听见战马的嘶叫，听见马蹄踏在冻土上的声音。两个孩子害怕极了，只知道手牵扯着手，气喘吁吁地往前跑，什么也没有看到。他们相信那些骑兵是来抓他们的，刚才他们险些像那女人一样被马蹄踏死了。他们穿着冬天的大外套，又笨又重，跑不动。本把帽子跑丢了：头发太长，老是遮住眼睛。每喘一口气，他就觉得心口像扎了一刀。亚达只看见一次哥萨克。她朝后面扫一眼，看见有个男人在笑嘻嘻地骑马小跑。马鞍上系了一块绒布，可是结子松了，绒布就垂下来，在化雪的泥泞里拖着。亚达永远也不会忘记那块绒布的颜色，那是一种接近淡紫的粉红，还闪着银光。现在天色完全亮了。

两个孩子本能地背向隔离区，往山上跑，越跑越高。最后，他们听到后面没有声音了，就停下来。哥萨克没有追赶他们。可是他们孤孤单单两兄妹，不知道往哪里去。

亚达无力地在一块界石上坐下来，开始抽泣。她的帽子、手套和手笼都跑丢了，外套的贴边撕裂了，软不拉叽地垂着。她用两只拳头揉擦着面孔，那没有血色的窄小面颊上沾上了一些黑印。泪水调和着昨日的灰尘，在脸上留下一道道长长的污迹。

本上气不接下气地说：

“我们下山去，想办法找到里拉。”

“不！不！”亚达歇斯底里地叫道，“我怕！我不想去那里！我怕！”

“听我说，我会告诉你怎么走的！我们从房屋后面的小路走，谁也见不到我们，我们也见不到谁。”

可是亚达坚持说：

“不！不行！”

她两手抱住界石，好像这是她在这个世界唯一的避难所。

他们是在城里最阔气也最平静的一条街上。街道两边都是花园。整条街道洋溢着祥和的气氛。住在这里的人大概不清楚河边发生了什么事情。没有一个哥萨克跑来打搅他们的安宁。也许他们看到了隔离区里的混乱和恐怖，就像看戏的观众一样，稍稍有些不安，可是舒适的安全感马上就让他们平静下来："我是绝不会遇到这种事的。绝不会。"幸福啊，他们是多么幸福！可是，他们是和她一样的犹太人吗？亚达想象他们像那些天使，从天堂的阳台探下身子，漠然地看着悲惨的尘世。她就想待在天堂，待在那些天使中间！她不愿往山下走。

"待在这里吧，本！"她低声地请求。

本生气了，称她是"疯子、白痴、胆小鬼"。可是她明白，本也不想离开安静和平的街区。

他们拉起手，信步走起来。亚达走累了，靠在堂哥的臂膀上，一跛一跛地走着。下一个坡的时候，本的裤子被撕开了，膝头流血。

"我们没准会碰到什么人，叫我们进屋休息？"亚达怯生生地说。

本冷笑几声：

"哼！你真是异想天开，以为有……"

"本，"沉默了一会，亚达又说，"希纳一家就住在这里。"

"那又怎么样？"

"怎么样？他们是我们的亲戚……"

"你难道想去他们那里？"

"为什么不呢？"

"他们会赶我们走的。"

"为什么？"

"因为他们是富人。"

“可我们又不向他们讨钱！”

本又一次称她做“白痴”。她没有回嘴，只是伤心地叹口气，又开始行走。她觉得旁边的本冷得直打哆嗦。

“他们就住在那里。”亚达指着那条街说。

“我才不管他们住哪里呢。”

可是风刮得更猛了。亚达抓起哥哥的手：

“我们也许可以在他们家的门廊下躲一会儿。我记得他们家有个门廊，有柱子，还有顶盖……大理石的。”思考一会儿之后，她添上一句。

“大理石？”本耸耸肩膀。“为什么不是纯金的。”他冷笑着说。

“不管怎么说，那里有个门廊，可以遮风。”

“可你怎么进花园呢？”

“你好像吹嘘过自己的本事，说再高的栅栏都翻得过，对吧？”

“我吧，可能是，可是你呢，小丫头片子！”

“我不会比你笨。”亚达生气地说。

“是吗？照照镜子吧！什么样子，才走了半个钟头，就在雪地上一拐一瘸起来！”

“哼！可你呢？你跑的时候没有摔倒？膝盖没有流血？”

“我打赌，等我一直爬到栅栏顶，跳到院子里，你还没有上到第一层！”

“那就看吧！”

“好！”

他们跑到希纳家门口。这时已经过了九点，路上有些人影了。有几个是急着赶往市中心的菜场和商场的女佣。有一个男仆在遛几条狗。一个农夫在扫雪。两个孩子选准一个看不见人的时刻，开始爬栅栏。两人都还灵活，虽说加了棉花的外套有些碍事。本第一个翻过去，带着嘲弄的神情看着亚达。亚达祈求上帝保佑，不肯叫哥哥帮忙，成功地把脚插进了上层两根镀金栅杆之间的空隙。这是最重要的一步：至于下去，总是有快有慢的嘛……她跳到草地上，草上覆着厚雪，她差不多一半身子被雪埋掉了。本向她伸出手，又是推，又是拉，又是举，好不容易才让她站起来。他们从灌木丛后面走到了房屋门口。那里确实有个门廊，几根单瘦的石柱撑着一个蛋圆形的顶盖。本和亚达溜过去，紧贴着冰冷的墙壁，等待……他们不知道等待什么……风被挡住了，他们起初觉得暖和了一点，可是马上又难受起来，因为他们比什么时候都觉得疲乏和饥饿。

亚达小声提议，声音有些含糊：

“按铃吧。”

本冷得一脸发青，还能摇头表示“不”，可是比刚才虚弱多了。亚达按了铃。两兄妹紧紧地依偎在一起，心儿怦怦直跳，紧盯着大门。门开了，一位整理房间的女佣，黑头发褐皮肤的胖姑娘出现在门口。一张红润的大面盘上可笑地盘了个花边结。她阴沉着脸，做了个手势，要赶他们走。可是本已经把手抵住两扇门叶，不让它们关上。亚达急忙说：

“我们想看看老希纳先生。我们是亲戚。”

“你说什么？”女佣怀疑地问道，朝她低下头来。

“我们是希纳先生的亲戚。我们想见见他。”亚达更加肯定地说。

女佣犹豫不决。两个孩子自从从门缝里见到了前厅，感到扑面而来的温暖气息，就鼓起了最大的勇气。他们推开女佣，大胆闯了进去。于是女佣只好说：

“好吧！我去告诉太太……可，你们就待在这儿别动！”

她转身进去了，两个孩子也跟了进去。他们知道人家会把他们打发走。不能让这些阔亲戚有思考的时间。

希纳一家子正在挂着红色锦缎窗帘、摆着昂贵的实木家具的餐厅里吃早餐。在进来报告的女佣身边，突然冒出两个野孩子。他们脸色苍白、蓬头垢面、衣衫褴褛，表情又是恼恨、又是傲慢、又是畏怯，充满了吃东西、暖身子以及弄清这家人究竟怎样对待他们的强烈愿望。

本开始用断断续续的声音讲述自己与这家人是什么关系，为什么来到这里。他的话很长。亚达只顾往屋里看，而且她不仅是看周围的一切，还痛饮着周围的一切，就像一个渴死了的人，一旦看见茶水，就不顾一切地扑上去，端着杯子不放手。这样一来，客厅里的每种颜色、每件器物的形状、每个陌生人的面孔，就都装进了她心底一个隐秘的地方。直到现在，她才意识到这个地方的存在。她站着不动，吃惊又不安地睁大眼睛，注视着红色窗帘那厚重的不透光的料子、高靠背乌木锦垫椅子和明亮的乳白色墙壁。屋里的大红地毯、乌黑家具，餐具柜里的银器被墙壁的颜色一衬托，显得分外富贵。

餐厅中间摆着很大的餐桌，餐桌周围坐着一些女人，哈里就坐在她们中间。亚达一眼就认出了他。他穿着紫红的室内便袍。亚达从没见过这样又厚又亮的缎子。她想哈里一定是生病了，才穿这样的衣服，受到这样的照顾。他面前摆着一只白色的像蛋壳一样薄的瓷杯，还有一只放带壳溏心蛋的鲜红的蛋杯。一只碟子里放着两片黑面包。有个女人从一只小水晶盆里取了点奶油，抹在面包片上。盆盖上饰着银质的松球。另一个女人拿起一只长嘴的银壶，往哈里的杯子里倒咖啡。第三个女人往杯子里加奶，并举着一只单柄眼镜寻找牛奶表面的奶皮，用一只小银匙舀去。第四个女人从一只装满滚水的红盆里拿出鸡蛋剖开，但她不是用刀子，而是用专用的镀金圆剪，亚达也是第一次见到，这件东西看起来比其他物件更不平凡。

虽然已经是上午了，可是四个女人中间还有两个穿着花边浴袍，戴着硕大的钻石耳环。这是哈里的母亲和一个出嫁了的姨妈。她们体态丰腴、矮胖，皮肤白皙，头发乌黑，两边脑门上各扎着一个发亮的花结。她们就像两朵硕大的白牡丹，光彩照人。她们一副心满意足的主妇那种餍足、慵懒、慢吞吞的模样，一个轻蔑的撇嘴，两只冷漠的眼睛，完全是一副生活优裕的阔太太的做派。另外两个年轻一些，是还没有出嫁的小姨。她们一副英国式的打扮，穿着料子粗糙、有男性风格的筒裙，粗布上衣，衣领像铁颈圈一样僵硬。她们像年轻一代的犹太富人一样得体，颇有贵妇气派，既朴实又威严，好像每个举动都是这样的考虑：

“瞧，我真不想引人注目。我想和大家打成一片，让他们忘记我是谁。”

看到本和亚达出现在客厅里，大家都停止进食。单柄眼镜举起又落下。几个人同时惊叫起来：

“怎么回事？”

当本说话的时候，哈里的脸变白了，饭也不吃了，恐惧地望着这个蓬头垢面、膝头流血的男孩，和这个脸色苍白、没戴帽子的女孩。女孩子的头发被灰尘与汗水黏在一起，像一绺绺流苏，纷乱地垂盖在眉毛上面。

本发现了这点，开始修饰自己的讲述。迄今为止，他带着一种阴暗的欲望，讲述一路上见到的流血景象、尸体，和十来个被开膛剖肚的女人，讲得还算准确、生动。突然，哈里把碟子一推，脸色煞白，在椅子上颤抖起来。

本停下来，匀匀气息。亚达用微弱的声音说：

“请给我们一点吃的。”

她朝餐桌走过去，可是几个女人一齐站起来，用身体保护哈里。

“别让她靠近！他们也许很脏。也许有病！别过来，小女孩！留在原地。我们给你吃的。多莉，让人领他们去厨房。”

“我们不脏，”亚达叫道，“你们要是在箱子里关一夜，漂亮的袍子也会撕破的，脸上也会沾满灰尘的。”

“你们哪天也会吃这份苦的。”她想，但什么也没有说出来。

主人吩咐女佣把“这两个小家伙”领到厨房，给他们一人一杯茶，一块面包，然后等命令。这时哈里溜到椅子下面，不见了。女佣领着两个孩子走出去时，哈里又回来了，后面跟着一个老头，模样很像亚达的外公，就像是骨肉兄弟似的。大家都不出声了。这就是一家的主人希纳先生。他是这样富有，以至于在犹太人的想象里，只有罗斯柴尔德才在声望和财富上面超过他（沙皇尼古拉二世才占第三位）。

他面孔削瘦，面色发黄，皱纹麻密，一只大鼻子形状怪异，好像被一拳砸成了两半，眉骨突出，眼窝深陷，眼圈几乎暗得发紫（据说他患了癌症，这是最明显的症状），眼球布满血丝，眸子发绿，目光锐利，让人不舒服。可是对本和亚达来说，他的白胡子、像鸡蛋一样光溜溜的秃头、伛偻的脊背、瘦长的手指、像羊角一样又硬又弯的泛黄的指甲还有那意第绪口音，都是亲切熟悉的东西：有钱的希纳和隔离区那些老头，和那些卖旧货的、收废铁的、摆摊修鞋的没有什么两样。面对这位老人，两个孩子充满了崇敬，可是并不怕他。

本再次说起他们的遭遇。亚达站在稍远的地方。她觉得虚弱、不适，突然一下不关心自己的命运了。不过她对自己说，她就要晕倒了。在书里，要是一个孩子晕倒了，大家就会马上救他，会拿东西给他吃，会让他在干净暖和的床上躺下——想到这里，她都羡慕得发抖了。她努力闭上眼睛，由于费了那么大的劲，脑子里顿时响起一种低沉而平和的声音，就像是大海的涛声。她在等待某个时刻，可是她并没有晕倒；她遗憾地睁开眼睛，发现自己靠着墙壁，两手叉放在胸前，望着周围的人。几个女人显得很气愤、很冲动，一齐嚷着叫着，朝两个孩子投来惊恐的、几乎是仇恨的目光。

“她们很坏。”亚达心想。不过，就像有时发生的那样，她脑子里同时生出两种不同的想法：一种天真幼稚，另一种成熟、明智而宽容。她觉得她身上有两个亚达。一个明白人家为什么要赶他们走，为什么要气愤地对他们说话：这些饥饿的孩子突然出现在富裕的犹太人面前，就像是一种命运的提醒，一种残酷而可耻的回忆：他们曾经也是这样，或者他们原本可能是这样。谁也不敢这样想：哪天他们又会沦落成这样。

亚达躲进窗帘后面，几乎是半睡半醒的状态。每隔一阵，她就把手塞进嘴巴，轻轻地咬一口，让自己清醒。这时大家就看见锦缎褶皱中露出一张苍白的写满惺忪睡意的小脸。她以为大家都没看见，悄悄地朝那几个女人的方向走几步，向她们吐舌头。

当女佣把她从那里拖出来时，她竟一边走一边睡着了。大家把她和本推进一间大房间。那是老希纳的书房。仆人给他们支起一张小桌，他们吃了东西。亚达是那样饥饿，只顾往嘴里塞吃的，老人提的问题一个也没有回答。甚至她都没有听见。过一会儿，本会狠狠地嘲笑她的。可是这会儿他说得太多、太快，小嗓子子非常激动、非常感人。

“伊斯拉埃尔·希纳是你伯伯？我听人说过他。他是个老实的犹太人。”

老人缓慢地说出这句话，带着敬意和同情。当人们说下城某个犹太人老实时，怎么不会对他表示惋惜呢？可怜的人儿，上帝一定是忘记给他爪子和牙齿来保护自己了。

“你叫他来找我，”他说（原本给卡尔柯夫的经纪人下的单子，交给一个勤劳而且靠得住、似乎不太聪明的人也不坏），“我让他赚几个钱。”

他转过身，让两个小家伙安安心心吃饭。他走到窗边，从那里看得到下城的屋顶。亚达隐约地生出一个念头：老人望着下城那片既远又近的破烂街区时心里是怎么想的，了解了解说不定很有趣呢……可是一个如此富有的人的思想，常人大概琢磨不透，因为他们是像天堂的居民一样被培养起来的，也像天堂里的人一样怪异。再说，她是那样疲乏，觉得像在做梦，周围的一切都是虚无缥缈的，或者像幻觉。直到第二天，在里拉的朋友家里，她才回到真实的外部世界。父亲得到希纳家的通知，把她和本领到这里。她整整昏睡了二十四个钟头。

九

富有的希纳没有食言，给了亚达的父亲一个做事的机会。虽说他同意给的佣金非常微薄，可是有一个那么富贵的家庭做靠山，就足以让伊斯拉埃尔·希纳这么个男人身价大增。大家的注意力都集中在他身上：他有些什么品质，竟能让上城的国王来找他做生意呢？

在此期间，伊斯拉埃尔的保护人去世了，忙着处理遗产继承等重大的后事的商人们委托他做了几单大生意，他都圆满地做成了。于是人们又交给他一些更大的生意。两年之内，他就发了，不算富有，至少也算小康了。在犹太人那里，命运是无常的。幸福与不幸，兴旺与潦倒，随时都可能落到你头上，就像天雷随时可能砸在牲畜头上一样。正是这点让犹太人常怀希望，又永远觉得不安。

这时期也突然发生了另一个事件，使得赖莎伯母可以实现她的一个梦想了：外公过世了。自从那夜犹太人遭受蹂躏以来，他就好像患上了痴呆症，很少出来走动，也不怎么进食，很快就一命呜呼了。他一死，希纳一家也就失去了住在下城的主要理由。

一家人搬到城市的中间地段，离山上和隔离区差不多远。

赖莎伯母不是那种容易满足的女人，现在她得管一管里拉的教育了。首先，得让她学法语。当时希纳家住的城市有个上年纪的巴黎女人，在给富人家孩子教授法语。大家管她叫咪咪太太。至于她娘家姓什么，谁也不清楚。她体形苗条，优雅大方，浑身透出活力，一双眼睛炯炯有神，小巧的鼻子弯似鹰勾，虽然掉了一些头发，可还是算得上漂亮。可惜一条腿僵硬得很，因为她患了风湿病，可是这并不妨碍她在圣诞节的家庭舞会上跳舞，也不妨碍她优雅地撩起塔夫绸的裙子（按照时髦的样式，这裙子的长度超过了大袍子），也不妨碍她为学生的健康喝“一点点香槟”。她教他们（说法语，唱《东京小女孩》，读苏利·普吕多姆的《打碎的花瓶》，以及）如何过上一种可爱、温馨、充满欢笑的乐观生活，粗鲁的犹太人靠自己是不可能发现这种生活的。她年轻时住在彼得堡，她曾透露，她与那里的某个亲王保持了一种暧昧的关系……（她在叹息中吐出了一个昔日很响的姓氏。）不过这种关系并没有损害她的名声，请她任教的家庭反而因为接待这么个曾在上流社会大出风头的女人而感到荣幸。因为大家可以肯定地说，这个女人知道怎样得体地吃芦笋（用叉还是用手），会用最好的法语来教孩子：法语的发音是那样难，隐语是那样有趣。

她很快就喜欢了里拉和亚达。

“老大走到哪，爱情就跟到哪。”她说。

她那些枯瘦的指头优美而敏捷地一比画，就像天女散花一般，就在里拉的道路上播下了一些无形的追求者。

“至于小的……嗯！是个有个性的。她要是爱上谁，就会爱一辈子。”

亚达觉得大为受用：在爱情方面，法国女人的判断是无可争议的。这就像一个被海难抛到蛮荒之地的大厨谈起故乡的菜谱，听得入迷的土著只有景仰的份儿，没有说话的资格。咪咪太太既不懂，也看不起生意、佣金、经纪，尤其是经纪人为让人有优先自己而发生的争吵。希纳一家子和希纳一类人是靠此为生的。然而，说到感情，这就是她的专长了：大家不能不听她的。这样一来，赖莎伯母便梦见里拉乘一辆花车，去卡恩城参加花战，而亚达却更爱哈里那个影子，那个幽灵。自从蹂躏犹太人事件以后她就没有再见过哈里，可是哈里的身影却一直盘踞在她心头。

只有一份痴迷可以与对哈里的痴情比一比：这就是对绘画的喜爱。她总是这呀那的画个不停。可是直到十岁那年，家里人才送给她一盒颜料，她便开始描绘窗下覆雪的大街、三月灰蒙蒙的天空和人脸……她从不厌倦。不管是纳斯塔琪娅红脸膛上细小的黑眼睛，穿着曼陀林形状的紧身褡、双手叉腰的赖莎伯母，还是穿着细布长裙、浑身优雅、带着鹳鸰鸟那种嘲弄神情的咪咪太太，她都感兴趣，都想画下来。不过，她不停地画的，还是哈里的面孔留在她心里的模样。

她把自己的画拿给咪咪太太看。有一天，咪咪太太看出有一幅画的是哈里，就说：

“我可以让您（法国旧时上流人士喜欢称对方为“您”，以示礼貌）和这个男孩玩。”她炯炯有神能够看透人心的目光紧盯着亚达。

亚达的脸一下白了。

“这么说，您……您认识他？”

“我在他家上课，与一家人关系很好。这样吧，您记着，明年二月……”

“二月？”亚达复述道，紧张得气也透不过来。

“要是你们，您、您姐姐、赖莎伯母出席法国同盟节，我就给你们做介绍。”

法国同盟节每年组织一场业余演出，接下来还有一场舞会。门票收入用于慈善事业。中城的市民把活动地点挤得水泄不通，上城居民有时也悄悄在那里露面。咪咪太太一边有意安排节日约会，一边叹气说：

“唉！时光不再喽！过去在我的亲王朋友的宫殿里举办舞会，宾客如云，喝掉的香槟酒可以成河，波尔卡和玛祖卡舞曲一直响到第二天早晨，我跳起舞来轻盈得像蝴蝶……”

“您跳得还是那么好。”亚达说。

于是咪咪太太轻轻地提起裙环，在带镜子的衣柜前匆匆探了一个滑步。虽然只有一步，可是凝聚了她的全部优雅、全部活力，还夹杂着一丝不易察觉的、忧伤的自嘲。亚达被她迷住了。“啊！我要是能把您这样画下来多好！可是，您认为伯母会带我和里拉一块去吗？”

“会的，肯定会的。我负责！”

这会儿才是秋天，要到来年二月才举办舞会。亚达想，明年二月，她就能见到哈里了。她会和哈里一块儿跳舞、游戏！到那时，他眼里的她，再也不是那个小叫化、流浪儿、下等人，那个下城的小犹太人了。她现在会说法语了；她的言谈举止得体了；她和“别人”一样了。这个哈里，她虽然勉强算得上认识，却把他看得很清楚，他是为她，而不是为本、为赖莎伯母而生的。在冬季阴暗的街道上，当她走出学校，匆匆回家，冷得直往指头上哈气，觉得大雪和寒风冻得眼皮生疼的时候，她几乎觉得哈里就在身边，她与他说话，编造他的回答。她自编自演一出充满惊喜、邂逅、争吵、和好的喜剧。

二月的节日终于到了。一大早，希纳家厨房里就传出了烧熨斗的气息，还有廉价香水的气味。里拉打开那些小瓶子，反复地闻着，不安地做着比较。里拉和亚达在床上准备她们的黑线袜和上过浆的裙子。姐姐还要穿一件崭新的灰色人字呢紧身褡。里拉要在一出小戏里唱歌跳舞、对白。戏名就叫《玫瑰与蝴蝶》，是咪咪太太专门为这个节日写的：这个女人拥有各种才华。

"我会在一幕戏里出场，大家都会给我鼓掌的。"里拉说。

因为快乐，她开始在房间里旋转起来。她极为妩媚，又很轻盈，脚很小，腿也瘦，是战前人们喜欢的那一种，踝骨秀气，小腿肚子却是溜圆，大腿稍许肥胖。

里拉与亚达待在赖莎伯母的房间里。亚达长高了不少；粗硬不服的头发已经梳理成一条又粗又短的辫子，不过额前的头发保留了下来，齐眉剪成刘海，不过也有发丝没有剪去，一直落进眼睛里。这时她就像躲在一丛矮林后面的小动物，眼睛亮亮的，惊慌不安地朝外面张望。

白昼慢慢地过去了。终于到了掌灯时分。厨房里在煮晚餐吃的红菜，房间里充满了红菜的香气，甚至盖住了卷发钳的气味。

餐厅里，本在接待一个朋友。一个读中学的男孩，名叫伊万诺夫。本与他极为友好。伊万诺夫才十一岁，金色的头发，粉红的皮肤，稚嫩的腮帮子红红的，绒毛还没有褪。同学们都喜欢掐他玩，指头捏得多的地方，就留下了雪白的印子，而脸上其余的地方则是殷红的，乍看上去，好像这团肉是用樱桃和牛奶揉出来的。两个孩子坐在餐厅的灯下面，小伊万诺夫文文静静，面带微笑，张着大大的蓝眼睛和多肉的小嘴巴，在不声不响地听本说话。本说个没完，怕母亲听见所以声音不高，身体却在不停地活动，脸上虽然没有表情，双手却在比画，比声音更有感染力。

他在讲一个荒唐的故事，一段编造的经历：他一人独战六个男孩，那六人都比他大，个子也高，而且都拿了石头。他把那一仗描绘得栩栩如生，就好像确有其事。他讲述每一个细节。他做出最神圣的赌咒，说每一句话都是真的。他陶醉于自己这个荒诞的创作，连自己都相信讲述的每个细节都是真的。他只觉得身体忽冷忽热，看到小伊万诺夫双手托头，凝神倾听，好像把他的每句话都喝进了身体，他有时恨不得抓他揍一顿，有时又想拥抱他。小伊万诺夫不时轻轻地问一句：

“真的吗？嗯？你说实话，这不是真的，对吧？”

“是真的，我发誓！我要说假话，上帝来惩罚，什么时候说，什么时候死！喏，我这儿还中了一块石头……”

他指着眉弓，用激动的小手撩起额前垂落的头发。小伊万诺夫需要不停地重复问题，好像念咒：“他说谎。他说的不是真的。我知道这是假话。这是个谎话连篇的坏犹太人。他要是额头上中了石头，就会留下疤痕。”可是，这难道不是疤痕？本在额头上又是按又是揉，又不停地把那些发卷儿往前拉后撩，终于在眼睛上方弄出了一块红印。

“你看到位置了？看到了？”

他为什么这样热衷于撒谎呢？为的是让他喜欢的小伊万诺夫听得眼睛发亮。唯有伊万诺夫的敬佩和友情才能满足他心中的渴望。这点，连他自己都不大清楚。

“这样，你明白了，伊万诺夫，你明白我是可以保护你的……跟我在一起，你什么都不用怕。我比雅柯列夫或者波洛夫还要强、还要诡（这是他的竞争对手）。听我说，伊万诺夫，你为什么要跟他们玩？等春天来了，大家都睡了，我们就爬窗户出去，在河岸上烧一堆火，我教你怎样打火把捉鱼，”他说，为自己的想象飘然了起来，“一人举火把，火星四溅，把你的头发映红，另一个就甩渔钩，每次都能钩起一条鳞光闪闪、活蹦乱跳、鳃边还在淌血的大鱼！你只要伸手去捡就行了。早上，我们把鱼拿到市场卖了。积上一阵子，等钱够了，就买支步枪，还有真正的子弹，或者还有……"

他想入非非地补上一句：

"……一辆自行车……"

这时，他总是滚烫的小手就会因这个愿望而变得冰凉。

"伊万诺夫，愿意和我一起玩吗？"

"愿意。"

"可是，你明白，我要带你一起玩，就得弄清楚，你是更喜欢跟雅柯列夫、波洛夫还是跟我玩。"

"我更喜欢这种玩法。"

"这么说还不够。明天起，你就避开他们。不再跟他们玩了。他们又笨、又傻、又粗野。跟他们在一起，你能玩出什么名堂？"

"我不能答应你……"

"太好了！我也不要你答应我。我另找一个同学就是了。"

"可我为什么不能同时跟你们做朋友呢？"伊万诺夫绝望地叫起来。

"这不可能！"本生硬地回答，"要么做朋友，要么做敌人。你选择吧，选择吧。"他重复说，把头低下来，黑色的发卷碰到了伊万诺夫粉红的膝头。

看到他明亮而威严的目光，小伊万诺夫觉得很不自在，充满了恐惧和不安。

"我选好了。"

“跟我一个玩。”

“跟你一个。”

本突然往后一倒，仰坐在椅子上。他得到了想要的东西，或者，至少是在象征上和幻觉上得到了。因为事实上得到想要的东西不如幻觉上一时拥有想要的东西重要。现在，他得干别的了。他得迷惑雅柯列夫和波洛夫，接下来，还得迷惑忍受不了他的自然科学老师，最后，还要迷惑亚达，不听他的话、总是反对他、尖刻嘲弄他的亚达，那个小妮子……哼！总有一天，他要逮住哈里那小子来报复！亚达从来不谈哈里，可是本知道她想着那可恶的富家小子，做梦都在想他。今晚她就要见到他……正是为此，本才不肯跟母亲和姐姐去参加晚会！本每次想到哈里，总会感到一种比仇恨更奥妙更复杂的情绪，就像对一个揍过你、向教师告发过你的同学可能怀有的情绪。这种情绪里混合着佩服、嫉妒和仇恨。伊万诺夫过的是一种全然不同的生活，而哈里却不同……“他本来有可能是我，而我也本来有可能是他。”本这样想道。他吃过的苦头，他是多么想让那家伙也尝一尝啊，让他生冻疮，让他的小脚被太紧的鞋子磨破，让他挨母亲的耳光，被老师粗暴训斥……同时，他又想象自己处在哈里的位置。在精神上，他感到自己像他一样穿衣，吃饭，被人宠爱，像他一样阔气。总之，伯伯与母亲说得对：一个犹太人，只有发财才是得救。哈里和他，同根同祖同姓……可是一个的周围只看到微笑，另一个……

这会儿，两个姑娘正在穿过节的衣服。里拉穿一件白色的塔拉丹布连衣裙，扎一根云纹腰带，一双金褐色皮鞋，一顶假花扎的花冠。一周来，里拉与亚达又是裁啊又是缝，把绢纱做的勿忘我都扎到黄铜丝做的花茎上。亚达穿着校服，系着节日的白围裙，头发上用一条红绸扎了个大花结。

里拉往手帕和腰带上洒了几滴香水，又用指头蘸了香水往颈子和上嘴唇抹。亚达张大嘴巴看着这一切。

“你为什么要往那里抹？”

“嗬！喏……”

“哦！里拉，你以为有人会亲你？会亲你的嘴？……你的颈子？……哦！”

“嘘！别说了！妈妈来了！”

“那你给我一点，好吗？”

“为什么？”里拉笑这个小妹妹，“你也希望有人吻你，调皮的小家伙？”

里拉要逗弄她，往她的头发上倒了几滴香水。亚达一时惊呆了，慌乱不堪，顾不上和里拉一起笑闹。人们既禁止亲吻，又渴望亲吻，这是什么原因？确实，和本亲吻，她感觉不到半点快乐！可是，假如她真的和哈里成了朋友，说不定也会与他亲吻的？她也不知道为什么，只觉得一想着这事，身上就一阵热，一阵冷。

突然，她走出房间，往杂物间跑，要到那里躲一躲。那里面黑幽幽的，一股灰尘味。她抽开门闩，在房间中央跪下来，合上双手，祈祷上帝：

“让他看见我吧。让他的目光投在我身上。”

她有些犹豫。纳斯塔琪娅做完祈望，总要画个十字，可是在她看来，这说不定是一种亵渎？不过……她还是顶不住这个念头，伸出颤抖的手，在额头上和胸前画了一个。她站起来，走出杂物间，沮丧地发现袍子弄脏了，围裙的膝头部位也起了皱。不过，也没有办法。

她在里拉身边坐下来，一声不吭地看她收拾完毕。接着，赖莎伯母来叫她们动身。她穿着紫红的绸袍，红色的环形鬈发上扎着一个假钻的蝴蝶夹，袖笼上部鼓鼓蓬蓬的，充满了希望。

十

晚会大厅装点着彩纸花饰，摆着绿色植物，悬挂着三色小旗。节目刚刚开始。厅里的椅子摆得挤挤密密的。开演之前，等得不耐烦的母亲们坐在上面，压得椅子嘎嘎直响。可这声音现在再也听不到了。因为她们的单柄眼镜都对着舞台，正在专心看表演，早已忘记了动弹。台上，二十五个小姑娘在合唱：

“这是一只从法国飞来的鸟……”

母亲们脖子粗大，后脑上盘着黑色的大发髻，挂着钻石耳环。依据丈夫的社会地位和成就，那钻石的亮度也有高低之分。银行家以下的太太，戴一串珍珠项链就会被认为不得体，而从最低的层次，即二级批发商开始，戴钻石耳环则可以接受。在这些受人尊敬的老板娘中间，赖莎伯母终于谋到了一个位置。再说，她们都坐在一个小台子下面。那台子是作为包厢，专给富人希纳家留着的。

节目演出之中，希纳家的人来了。在座的人看见他们进来，都像是受了抬举，又装出无动于衷的样子。与希纳一家同场看节目，这是莫大的荣幸，不过，最好还是不要忘记自己姓甚名谁：同场看节目又怎么样，你还是姓莱维，姓拉比诺维奇嘛。然而，每个女人还是鼓起了胸衣，晃动着钻石耳环，小声地交头接耳：

“听说，总督大人都亲自参加他们家的舞会呢……”

哈里坐在包厢中间。他这时有十三岁了。如果他穿的是一身黄金衣服，亚达也不会吃惊，可是今晚他穿得却很朴素，也很与众不同。底下是一条珠灰色的长裤，上面是一件黑色罩衣，戴着伊顿中学的圆领。他的样子羞怯，表情阴郁，但在亚达看来，这反而更显出威严。他的头发梳得多好啊！他手里拿着一张亚达绘的节目单，面前放着一盒打开的巧克力。在取糖果的时候，他的手松开了，节目单落下来，在空中飘飞一阵，最后落到亚达脚下边。亚达把它拾起来，紧紧地握着，她的手直颤抖。

这时，一个头发鬈得像鬈毛狗一样的小姑娘在台上背诵卡米耶①的台词，在剧本作者高乃依当年标出的地方大方地加上了三个音。全场观众深深地沉浸在剧情里，听她念道：

“罗罗罗马，我唯一的悔悔悔恨之地！”

一个大腿粉红的胖小子出现在台上，开始说：

“断枝上可怜的叶子干枯了……”

接着他停下来，眼泪双流，好像从一道翻板活门遁入台下不见了。

再下来，是玫瑰与蝴蝶的芭蕾舞。里拉在好些胖姑娘的簇拥下翩翩起舞，跳得十分优雅：她挥动着许多彩带，对着大家温柔地微笑，好像在问：

“你们为什么不喜欢？应该喜欢我呀。”

这段舞蹈不仅仅是成功，而且是胜利。赖莎伯母在椅子上正襟危坐，虽然嘴角露出不怎么样的神气，心里却在美滋滋地品味她的快乐，同时心想：

“你们以为我会让她像我一样，在这个外省小城里虚度青春，埋没人生，糟蹋力气和才华，去寻找一个仅仅过得去的丈夫吗？不，绝不！里拉理应过得更好！好人们啊，你们还会听人谈论里

---

① 法国剧作家高乃依的剧作《贺拉斯》中的人物。

拉和她母亲的！”

无论如何，悲剧女演员拉雪儿原来是什么人？不过是个出生在大篷车上的犹太姑娘嘛。没有什么事难得住犹太人。条条道路都是敞开的，都通到让人头晕的高处。对于里拉来说，把辽阔的俄罗斯整个儿拿来做舞台都还不够大，不够辉煌。（何况，莫斯科和彼得堡还不准犹太人进去。）不！她必须去巴黎。只有巴黎才值得她碰运气，值得去拼一拼！多漂亮的孩子！谢幕这一躬鞠得多么优雅！她天生就是上舞台的料。最后一场她上台来，挥动那些红的绿的彩带，喝彩就像打雷一样，把大厅都要震塌。

接着，舞会与游艺活动开始了。哈里与一个姨娘一起，悄悄站在一边。咪咪太太来找亚达。她们纵向穿过大厅，全场的人都看出亚达将被介绍给她富有的亲戚。他们是近亲，但是隔着那么远的距离，这点谁也不觉得惊奇，因为一边是金钱，在巴黎开银行，另一边却是贫穷，没受教育，在隔离区开小店……大家反感的，不如说是咪咪太太这种做法。这些法国人呀……

咪咪太太向哈里示意。

“喏，我的小哈里，这个可爱的小姑娘想认识您。您可以和她跳舞。可以好好来一曲华尔兹。”

哈里抬起头来，认出了两年前见过的那个小女孩。那个蓬头垢面、一身灰尘、手脚开裂的女孩，那个突然从一个可怕的、肮脏的、充满血汗污秽的世界冒出来的女孩。那个世界距他是那样遥远，但毕竟是那样神秘，而且又是那样可怕地与他联系在一起。他整个身体都竖了起来，就像一条养尊处优的小狗，听到野狼，它那野性的兄弟在森林里饥饿的嚎叫。他连忙往后退：

“不，不，我不跳舞……”

同时，他也羞愧得要死。他想起那次对他们的态度，他是那样冷漠、高傲。他知道自己又会为今晚的举止感到愧疚：他有一颗敏细而高尚的心。但是他宁愿跟一个最最肮脏的乞丐握手，也不愿意拉着这个小女孩的手跳舞。他在她面前之所以这样惧怕，并不是因为她代表了贫穷，而是因为她代表了一种不幸，而不幸是很有传染性的，就像一种疾病。

咪咪太太推他向前：

“好吧！你们就不跳吧。可是你们去跑呀，去玩呀！”

哈里嗫嚅着说：

“咪咪太太，不行。”

“为什么？”

“您很清楚……”

啊！他得说出什么话，得编出什么由头，才能让小姑娘更快地走开，才能不看到这双望着他的焦灼眼睛？

他终于说了：

“您知道，家里人不让我与别的小孩玩耍。”

这时，在亚达心里，极端的爱与极端的恨交织在一起，汇成一种非同寻常的感情，它是那么强烈、那么矛盾、那么烦乱，简直要把她撕成两半。然而，哈里的想法，并不比她的想法简单：他一方面怕亚达，一方面又为她所吸引；他带着一种痛苦又痴迷的好奇看着她。有一阵子，他对亚达的好感变得那么强烈，终于说：

“很遗憾……”

他的脸红了；他那张小脸平时黄黄的，与本是那么想像，而此刻，却变得通红通红。他的眼睛充满泪水。这样看来，他的心里只剩了对亚达的爱。

咪咪太太急匆匆地原路折返，小姑娘低着头跟在后面。亚达觉得全场每个人都在盯着她，都在嘲弄她。她的脸上显出一种那样奇怪的表情，既痛苦又克制，咪咪太太看出来了，就停下来安慰她。

“亚达，”她说，“不要看这么重。”

“太太，我没有别的办法。”

“感情上的事，要看淡一点。对待生活，要像慷慨的借主，想得开，不要像放高利贷的，吃不得一点亏。”

“我没有别的办法。”亚达重复一句。

她低头朝前走，什么也没看见。咪咪太太叫住一些玩耍的孩子，让他们邀亚达一起玩。可是游戏圈子早就形成了。捉迷藏的人满了，玩花牌和抢木凳的人也不要她。最后，大家让她参加猫捉老鼠的游戏。她一上场就被捉住了。后来，当她从这边跑到那边，试图捉住尖叫着逃跑的小姑娘时，觉得在这一圈好奇或嘲笑的面孔中间，感到了从未这么强烈的悲伤。

十一

时间差不多是半夜了。可是晚会开得很成功，咪咪太太和赖莎伯母太兴奋了，舍不得分手。法国女人接受赖莎伯母的邀请，同意到希纳家去喝杯茶。里拉很快就上了床，并且马上睡着了，只看见她黑色的发辫露在毯子外面。亚达的指头无力而冰冷，只能慢慢地脱衣。她上了床，可是睡不着。墙那边，赖莎伯母和咪咪太太在说话，每句话都传到了亚达的耳朵。

“她天生就会打扮。”咪咪太太说。

她指的是里拉。亚达并不觉得嫉妒：里拉幸福，她也由衷地感到高兴。可是，在黑暗之中，她还是忍不住哭了起来。

“要是把这个孩子留在这个破地方，那就是犯罪呀……”

“啊！亲爱的咪咪太太，我的心思您都知道了！在这个野蛮的国家，她能干什么呢？”

“再过五六年，她就是巴黎的一个王后了……她得学几门功课，比如朗诵、仪表……上巴黎音乐学院……”

这几句话具有神奇的效果，赖莎伯母一听，就发出一声哽咽的尖叫，声音里既有向往又有遗憾的意思：

“进巴黎音乐学院，您认为？”

“她的嗓子这么好……”

“这是个蠢姑娘，”赖莎伯母突然非常粗鲁地说，“得时时盯着她，不让她随便爱上什么男人。这就是我不把她独自送到巴黎去的原因。她会把自己断送掉的（言下之意：她会听任自己被某个没有财产的小伙子诱惑的）。”

"您为什么不去那边生活呢？您应该知道，不管什么年纪，都可以移居国外，都可以碰碰运气，跟命运博一博。像我这样……"

"我不一样，我要靠别人。要别人供养。我是个可怜的寡妇。"赖莎伯母激动地说。

亚达从没有听到从伯母的嘴里说出这样直率的话。老妇人的所有愿望、梦想，这么多年来她一直埋在心底的想法，都化做这声声叹息、这哽咽的惊叫，这潸潸的眼泪，倾倒出来。

"唉！人没有钱，又不自由，是多么不幸啊！我一想到希纳家，就会生出这样的叹怨！您不是告诉我，他们要离开俄罗斯，去欧洲生活吗？要把小孩送到巴黎培养吗？他的命是很辉煌，可对我的儿女却是多么不公啊！不过，我会留在这里，就过这种无聊平庸的日子，我预计我的女儿也是这种命！咪咪太太，我生来不是过这种日子的。您明白我的意思，只有您理解我……"

"您的小叔子……"

"伊斯拉埃尔是那样胆小、窝囊！上帝啊，男人是多么窝囊！他绝不会接受移居国外的想法。更不要说把我们送到那边！要是他女儿，也许会送，可里拉只是他侄女……"

"我向您表示，里拉可以住在我家……"

"住在您家，太太？"

"对。我继承了一小笔遗产，买了俄罗斯的国家基金。这样，我就不必为未来担心了。我打算明年春上回巴黎住。只不过我不敢完全负担里拉……您明白，一个这么漂亮这么年轻的姑娘……不要去招惹麻烦……一个孤单的母亲……"

"当然，是啊，当然，"赖莎伯母连声重复，心底在暗暗计算，“要是让他女儿也去，我会让伊斯拉埃尔明白事理的……”

两个女人突然压低声音，下面的对话亚达听不清了。最后，两人长久的密语被咪咪太太的一声惊呼打断：

“确实，这孩子有些才华……天性又是那么与众不同，那么用心……”

“是啊，是啊，她可以在巴黎读书，这是肯定的……”

亚达在床上坐起来，心怦怦直跳。她们说的是她吗？能不能仅仅想象一下这是指她呢？然而，赖莎伯母可是说得明明白白的：

“他爱他女儿……为亚达他什么牺牲都舍得做！要是培养亚达做艺术家，他会那么高兴！唉！要是我可怜的里拉不是孤儿，那该多好啊！可是命就是命。命运给你什么你就得接受什么。”

“您可以住在离我不远的地方。”

“咪咪太太，您在那边有很多熟人吧？”

“我认识很多人。”老妇人说。

她犹豫了一会儿，接着又装出那种愉快轻松的声音。人有时这么做是为了麻痹自己，就像有时用唱歌来壮胆一样。

“从前，全巴黎的人我都认识。大家管我叫……您不要告诉别人：这是我的外号，我打仗用的名字……是啊，我生活在一个太出类拔萃，太引人注目的圈子里，那里面人人都有外号……大家管我叫纸叶子，因为我太喜欢玩牌……这都是久远的事了，不过，我保留了，当然，应该保留了一些朋友，一些忠诚的，有活动能力的朋友……”

她不出声了。有一阵子，亚达只听见小匙搅动茶杯底部的声音。

赖莎伯母在脑海里看到的是什么景象呢？还不能完全肯定她把里拉与她自己，年轻的她本人，把里拉的命运与她的命运搅和在一起……她从来没有这么喜爱女儿。她甚至由此而对别人也生出几丝柔情。提到亚达的时候，她动情地说：

“如果不努力培养我这个侄女的才华，那多可惜呀。她有天才……她会成为大画家的。明天我就跟她父亲说。”

十二

这是犹太精神的特点，如果把里拉和亚达送到巴黎是去学门手艺，好谋一个平凡的但是靠得住的职业，如裁缝或者会计什么的，伊斯拉埃尔会长久犹豫，下不了决心与孩子们分开。然而送她们去是学艺术，他也就同意了。孩子们这一去会搅乱他的生活，还要增加家里的开销。女儿终于还是离开他了。巴黎路途遥远，旅费昂贵，这一去两三年之内不能指望见面……不过这里不是谋个体面的或者平凡的职业的问题。问题不在于理智，而是一个梦想。这一去就是跳进了陌生的世界。也可能客死他乡，也可能发笔横财：亚达有可能成为著名画家，里拉则成为伟大演员。上帝给她们安排的是什么命运，谁又可能知道呢？诚然，花费是会不少，可是，为了他的孩子，为了他的血肉，他有什么舍不得呢？他只是对亚达暗暗怀有些歉疚：她本来是可以更幸福一些的……可是孩子他妈死得早，这也怪不得他这个可怜男人，赖莎伯母脾气大，本鬼里鬼气，也都不能怨他……不过，尽管如此，他还是想要亚达原谅生养了她。当然，这不是一个漂亮礼物……至少他可以把他走运的、幸福的那一份给她呀。

他同意赖莎伯母带三个孩子去巴黎：如果没有母亲看着，本在俄罗斯不会干出什么好事，而且，对于一个犹太小男孩的成长，俄罗斯也不是个理想的国家……为他选择职业、服役（永远是一场噩梦）、进大学的麻烦很快就会开始……还是让本去巴黎为好。

春天的一个早上，伊斯拉埃尔看着他们带着一大堆箱包、食品甚至还有一些家具登上火车。

这是一九一四年五月。

战争的头两年，伊斯拉埃尔定期给他们汇去食宿费。希纳家几个人住在巴黎，与咪咪太太合租了一套小公寓。情形并不完全像咪咪太太从前所说的那样好……老太太没有找到几个朋友，她也不知道为什么。其余的不是死了，就是去遥远的外地。还有一些似乎记不起她来了。最后，战争又爆发了……

头两年希纳家的人与咪咪太太的生活虽然平庸、凄凉，但还算平安。后来，俄罗斯闹起了革命，革命的滚滚洪流把伊斯拉埃尔·希纳的生活、财富，甚至记忆，连同其他的残渣碎片全都吞噬、带走了。

伊斯拉埃尔定期汇出的生活费取消了，俄罗斯国家基金的利息收入也没有了。赖莎伯母一直认为自己不是一个平庸女人，这时正是她显示自己不是平庸女人的时候。她利用救出来的几个小钱买来一些布料、服装图样、两个衣服架子，又让女儿和侄女去上裁剪课，狡猾或者强行地把咪咪太太最后一点财物，如珠宝首饰、亲王的礼物、当年好日子时的纪念品夺了过来，就开起了裁缝铺。

一个可怜的犹太女人，从乌克兰一个偏远省份来到巴黎，向巴黎女人兜售衣袍，即使还有几分心气，那也是她没有想到的。

她把咪咪太太的套房转租出去，又在泰纳街区租了一套三间的小公寓。那个地段是平民女子和献殷勤的男人见面碰头的地方，他们就像一条河的两股水流，有时混合在一起。

这套带家具出租的房间一股灰尘气味。还有一股廉价裁缝铺特有的气味：厨房的油烟味、羊毛衣料的膻味、顾客身上那种廉价香水呛人的香味。窗户很少打开。赖莎伯母和咪咪太太都吹不得风。里拉进了一家音乐厅；本负责给顾客送货；亚达则被伯母雇下来干杂活：缝衣服，收拾别针，裁剪衣样，复制偷偷弄来的样板。她的吃住由赖莎负责，但也受够了她的打骂。吃的穿的赖莎倒不克扣，不过她现在越来越暴戾。不仅是因为亚达现在成了她的负担，而且是因为亚达不断地让老妇人想起里拉的沦落。这个里拉，从前让她怀有那么大的希望，现在却只是在音乐厅勉强演了个裸女的角色。里拉的红颜衰退，早已失去了娇艳，却连个有钱的情郎也没有找到。虽然所有的男人都爱恋里拉，可是命运却总是跟她开玩笑，她碰上的男人总是些穷光蛋：不是有家有室、舍不得吃穿、前怕狼后怕虎的小市民，就是干不出什么大事的冒险家。

等到亚达满了十五岁，出落成一个漂亮的大姑娘，伯母对她的怨恨就深到了骨髓。亚达也不把伯母当做长辈尊敬。这是她童年以来最有效的武器。说来也怪，只要亚达狠狠地回上一句刁钻无礼的话，老妇人的怒气立刻就消了。话说回来，她也没有吃亏。赖莎这条尖利的舌头也只有亚达才让她有机会用一用，因此从这个意义上说，她还得感谢亚达才行。这就像一个喜欢决斗的人，愿意在决斗场上见到一个旗鼓相当的对手。不幸的是，她也有妇人的通病：喜欢陶醉于自己的胜利。就因为这一条，两人争吵对骂的场面就从不停息，而且，她的记性又好，不肯把旧爪子换掉来用新的，一旦吵起来，总是把陈年往事翻出来，这就使得吵骂的主题不断得到沿袭与丰富，而吵骂的词语则被她们以真正的艺术家意识不断加以改变和翻新。这就像一只黄蜂狠狠地把针扎在你的肌肉上，然后围着你不停地飞，嗡嗡声久久不散。

亚达顶撞她，不服她管教，尤其是越来越躲进深深的内心，她的精神状态变得这样奇怪，于是不会被任何事情冒犯或伤害。每次赖莎伯母骂她，她就有意观看那张尖戾、明理而又冷酷的脸，不过她不是以一个受虐待的姑娘，而是以一个画家的眼光来观看，然后她就从练习簿上撕一面纸，把刻记在心里的每一笔都描下来。

有时，她甚至为逼真地描绘出伯母盛怒时嘴角的细小皱纹而高兴，这种嘲讽而冷酷的表情让她着迷。这种表情就像是草地上蹿出的一条蛇尾巴，倏忽一闪就不见了，根本不可能捕捉到！它让亚达感到害怕，但也给她带来一种奇特的快乐。整个有形世界充满了种种形状和颜色，你没法把它们记住，因为它们在不停地逃避你，但是寻找那些形状与颜色，追求那些形状与颜色，就成了地球上最宝贵的事业。

“你像是中了魔，成天在想入非非。”里拉说。

她还加上一句：

“你都满十五岁了，还像只有十二岁的样子。你整天画画，别的什么也不管，会把最美好的年头白白糟蹋的。”

画室下面就是街道。她两手支在狭窄的窗台上，望着外面。这是一个暖和的夜晚，对于早春时节，气候未免沉闷了一点。每一层上都有一些神经质的孩子在叫喊。亚达心想，她得试着把这条大街，这片不时被闪电穿透的冥冥暗色、这块黑云压城像有火星迸溅的天空，还有那个在路灯下行走戴孝的女人、那个扎着红色彩髻的卖花女人画下来。那个戴孝的女人不时抬起一张受惊的面孔，好像感到憋闷，要吸吸新鲜空气，那张脸被铅白色的灯光照着，像打了一层粉。

里拉懒懒地在床上躺下来，仍然问道：

“你就从没有碰到个稍稍喜欢一点的男人？”

什么？里拉问什么？她亚达从没有碰到……不，不。她摇着头，一副自负又怀疑的样子。她要过的生活与里拉的不同，两人的乐趣也不一样。她的情感没有人能够理解，更谈不上分享。然而……一个十五岁的姑娘，人家在她周围说出的一些话语，如男人、快乐……等，都会在她心里再次响起来，会被一个内心的声音低声复述，会激起一种沉闷的几乎带有威胁性的回声。

咪咪太太就在房间里，头发全白了，两条腿又细又僵，一双手因为风湿，已经结节变形，但是腰杆却挺得笔直，眼睛仍是炯炯有神。这时她说：

“亚达还想着哈里·希纳呢。”

“不想了，咪咪太太！”亚达叫起来。

里拉咯咯笑了。赖莎伯母冷笑两声。本则发出一种轻蔑的埋怨：

“她还能想吗？”

咪咪太太像开玩笑似的，又用深沉的声音重复了一次。这个苍老的预言家，只有说起爱情婚姻，喉咙里才冒出这种声音，就好像这是她与众人唯一扯得起来的联系，而且这个联系已经被时光毁掉了一半。

“你还想着他。你永远忘不掉他……”

里拉附在她耳边说：“你知道我们和他是邻居吗？”

“邻居？”

“是啊。他就住在我们附近，星辰广场另一头，美叶街四十号。我是从电话号码簿上偶然见到他的姓名的。”

亚达无意识地探头观看通往星辰广场的大街。在巴黎他们住的地方竟然比家乡那座小城距离还近。在乌克兰，他们中间隔着下城、两边栽着白杨树的长街和那些山冈。想到这里，她心里浮起一种怪怪的感觉。

大家在她周围发笑，她自己也觉得不好意思：什么年月的荒唐事儿了，到现在还记着。她想：

“这也怪不得我。这是因为，有些面孔、有些房子、这样那样的场面，一旦见到了，我就永远无法忘记。他们无动于衷，或者见过就忘，是因为他们根本就没有记性。而我呢，我是记着的，忘不了。这是一种特殊的不幸，它逼我记着惊吓过我的每种面容，打动过我的每句话语，我快乐或者痛苦过的每个时刻。哪天我去看看他住的房子。”

然而，一个又一个月过去了，她却没有打定主意。去看他的房子有什么益处？多么幼稚的举动……尤其是，它不可能给这个梦，这个渐渐变成无伤大雅的往事，变成半实半虚的空中楼阁的梦提供新的养料。随着她一天天长大，这个梦也渐渐被她淡忘，就像童年读过喜欢过的一本书，年纪一大就被忘记。其实她还爱他，只是当时她不相信。现在她知道这只是一首诗，一篇虚构，一种幻想，其他什么也不是……她得当心，不要再冒出上门看看的愚蠢想法，那道门已经永远对她关上了。她得当心，不要再打听他的某个具体的细节，比如面容、声音、目光，那样会突然唤醒她的梦想，会给她的梦想以真实的质感、光亮和味道。亚达就在这样的心态下过了两年。

十三

有一天，亚达刚刚给美叶街送了一件袍子。客户家离四十号没有几步路。她就慢慢地，犹豫不决地朝那里走过去。上帝啊，为什么不去看看呢？这是一种单纯的快乐，而她又难得有什么快乐。既然偶然的命运让她从童年所喜欢（现在她承认那段感情那不可改变的荒谬性质了，它确实有点像爱情）的人家附近经过，为什么不走近点，去看看那所房子呢？难道怕被哈里撞见吗？她不慌不忙地往前走，心却怦怦直跳。接下来，她看到了一座单独的公馆，不太大，三扇高高的落地窗下面伸出一个石头阳台。她隐隐地记起一幅法国小学的图画，那里面的窗户也像这样，朝一个公园开着。公园里有一座地面铺着黑白石板的小亭子，里面有些撑着大裙袍、面色红润的女人在跳舞。

房屋周围绿树成林，阳台掩映在六月葳蕤的叶簇之中。她看见枝叶间闪现出一些青年男女的身影。又听见远远传来一支乐队的乐声，还有欢聚时欢笑打闹的人声。这是举办舞会的季节，是跳舞的时辰。是啊，他们在跳舞，在欢乐。透过打开的窗户，看得见里面的一对对男女，另一些则在阳台上支着手肘。这是一个快乐的世界，高雅的世界，是她所不了解的世界。她甚至没有想过这个世界，因为它离她是那么遥远，与她是那么无关。她们是多么幸福啊，那些姑娘！天色不早了，将近七点，阳光显得特别柔和、金黄，消融在清澈和燠热的暮色之中。那些男孩子中间，哪个是哈里？根本不可能把他辨认出来。她寻找一个最英俊的、最匀称的男孩子，就在心里管他叫哈里。

有个年轻姑娘在阳台支着手肘，手腕上缠着的弯弯曲曲的彩带垂在外面。她穿的袍子颜色艳丽，迷住了亚达。那是绿中带银的颜色。天气燠热，亚达觉得干渴，嘴巴沾了灰，火辣辣像在烧灼。她走了很久的路。可那件袍子就像被雨水洗润过的青青草地下的一汪碧泉，那种绿色仿佛洗尽了尘埃，让她心里顿觉一片清凉。她欣赏美，欣赏那些姑娘的幸福，可是她并不羡慕她们，就像她并不羡慕画上的人物。相反，她感谢她们为她带来这些节日的碎片，这段音乐、这些笑容，还有头发在六月光线照耀下的闪光。

“我喜欢画这样的场景，”她想，“虽然这并不完全合我的风格……我喜欢画更阴暗、更肮脏的场面，可是，顺便也不妨……这些花一样鲜艳的裙袍，这个清澈的夏日黄昏，还有树上披洒的这种淡淡的光亮……多美啊！”

她从包里掏出速写本和从不离身的一截铅笔头，匆匆地勾下那个俯身栏杆手缠彩带的姑娘的姿态。在她后面，站着一个男子，正在往她这边瞧。说不定是哈里？……说不定是哈里在往这边瞧？……亚达身边，有群司机带着不以为然的神气，也在漠然地看着这群跳舞的男女。大户人家的仆人就是这样监视主子的嬉闹的。亚达朝他们转过身，匆匆地问道：

“请问这所房子是希纳家的吗？”

她的心怦怦地跳着。她没有猜错，这果然是哈里家的公馆。

“他们家的公子叫哈里，对吗？”她又问。

“你是说他？”一个司机指着阳台上那个青年男子，“对啊，那就是他们家的公子。”

她以画家深刻而又锐利的目光贪婪地打量他。哈里的面庞秀气，富于表情，透出一种嘲讽意味；鼻子细细的，颈子长长的。他与本是那样相像，亚达再次感到惊讶。

“典型的犹太类型，饱经患难，忧郁、聪慧。没准这些金发粉肤的姑娘都喜欢他？唉！问题不在姑娘们喜欢他，而在于他能够喜欢谁……”

突然她闭上眼睛，好像进入了一个梦境，冒出了一种幻觉。似乎她在呼唤梦境和幻觉，因为在梦境和幻觉里，脑子里想象的场景变得和生活本身的场景一样真实，一样清晰。

她看到了自己儿时走进哈里家的情形。她又回想起这段往事，不过现在将它做了些改变。她想象出另一个亚达，高一点，胆子也大一点的亚达，她本应该朝哈里走过去，拉起他的手。她也不知道为什么，但是肯定哈里会跟她走……那么围着他叽叽喳喳个不停的那些女人怎么办呢？……嗨！谁管她们呀？他会跟随她走的。

“我永远只爱你一人，”她带着沉重的感觉想道，就像承认命中注定有苦难和不幸似的，“我可以在赖莎伯母的裁缝铺里过一辈子，变成一个老太婆，也不跟你说一句话，或者，相反，嫁给一个别人，但是一辈子也忘不了你。我永远也不会停止爱你。我对自己的生命都没有这样肯定！”

她看着鞋跟走得弯弯扭扭、蒙了一层尘土的鞋子，看着被针扎过多次的双手，一股酸苦的嘲意在心里涌上来，压也压不住：

“但丁和贝雅特里丝，”她想，“人家要是知道了，会笑话我的！”……但是各人都有自己的梦想……要不，或许只有犹太人才这样？我们这个种族如此饥渴，长久以来总是挨饿，现实从不能满足我们的需要，让我们吃饱喝足。我们还得做不可能的事情。而哈里，他还希望什么？当然是超出他本人的什么东西，就像我现在这样？某种那么巨大的东西，一种那么圆满没有人能够给他的幸福。“啊！天色不早了！”她突然想起来，“赖莎伯母该骂人了。”可是她不想离开这里。那些男男女女又开始跳舞，跳得那样轻松，那样陶然……现在一些仆人端着托盘出现了……大概是给人送冰淇淋……在这样一个炎热的晚上，吃杯冰淇淋一定很爽……可是得离开了……别了，哈里……

十四

她轻轻地推开门，希望悄悄地进去，不引起大家注意，可是赖莎伯母已经在门边尖叫起来：

“是你呀？你还愿意回家呀？还记得时辰啊？你是六点出门的，现在都八点了。老子供你吃的喝的，就是让你在外面像公主一样闲逛吗？我以为你被车子压死了，死丫头！真要死了，我可不会哭的……说吧，到哪儿去了？和谁一起？”

“我一个人，独自在外面走。”

“你一个人？我知道你们这些姑娘的德性！”

“你知道你女儿的！”

赖莎伯母威胁道：

“你想挨耳光是吧？”

她那枯瘦生硬的手动辄就甩过来，亚达与里拉挨了耳光，虽然十分委屈，却并不反抗，就像忍受恶劣的天气一样，可是眼前这个场面，这些咆哮、威胁、粗暴的言行与亚达刚才见到的那一幕反差实在太大、太强……

“我也不是八岁小娃娃了，”她说，“我比你有力气，我会自卫的！”

赖莎伯母倒退一步。

“把袍子钱给我。我想，人家付了钱吧？”

“对，人家当然付了钱。喏，你的钱……哦……”

她止住话头，脸上显出恐怖的表情。她刚刚发现，她的小包不见了。顾客那八百法郎的袍子钱到哪儿去了呢？她拿着干什么去了呢？她是在匆匆赶路的时候把包落在街上，还是把它放在哈里家附近的长椅上忘了拿呢？……她使劲回忆：

“我在包里拿了铅笔和本子，接着……我把那些东西都放下，看着那个指着哈里的人……一定是把包落在长椅上……”

钱丢了，当然是可怕的事情，可是她那个本子，那些珍贵的速写……她的眼泪夺眶而出：

“我什么也没有了……”

她没有感觉到耳光的痛苦。她忘记了自卫的决心。她像从前一样，咬紧牙关，一声不响地忍着。

“你从哪里来，就回哪里去，”赖莎伯母吼道，抓着她的肩膀使劲摇着，“回到街头，回到你张开两腿躺着的旅馆房间！滚！我要赶你出门！”

她们还是站在狭小的门厅里。亚达就靠着门，她转过身，打开门，悄悄地走了。她经常渴望离家出走，可就是鼓不起勇气，来面对在这座陌生城市里的孤独、贫穷和饥饿。不过在这种事情发生多次之后，她再也忍受不下去了。无论如何，流落街头，死在街头，也比在家里痛快！

眼泪迷糊了她的双眼，她一手扶着街边的铁栏杆，一边信步往前跑，不时将受惊的眼睛扫一扫那些咖啡店和破旅馆，寻思人家是否同意她免费住一夜，或者还是投到随便哪辆车子的轮子下更干脆。她同时又想，希纳家的舞会一定结束了。跑到那儿求救怎么样？……她已经向他家求过一次了。不行！那些人与她有什么共同之处呢？

突然，她听到身后响起急促的脚步声。一只手抓住她的肩膀。她怕得发抖，一边继续气喘吁吁地向前跑，一边回过头，认出是本。这一刻，她恨他，也恨赖莎伯母。她挑战似的瞪了他一眼，叫道：

“松手！滚开！别来烦我！我绝不回去！”

“亚达！够了，听我说！”

他们停下来。本紧紧地抓着她的两条臂膀。她不敢挣扎，因为咖啡店里有人看着。不过街上空空荡荡，阒无一人。

“亚达！别冲动！你想在监狱待一夜吗？”

她突然想起自己十七岁了，这有可能招致危险。逮捕、教养。于是不挣扎，也不叫喊了。

“亚达！别这样望着我！我，我可从没害过你。”

他挽起她的手臂，强迫她跟着走。

“来吧。我们离开这里。我们去街区走一走。跟我来。”

“去哪？”

他耸耸肩膀。

“难道我知道吗？你害怕了？你别哭，”他匆匆说道，用力握紧她的手腕，痛得她一叫，“难道还会发生更坏的事情？”

她咕哝着说：

“我没哭。”

“亚达！我们有一次也这样迷了路，孤孤单单，就我们两个，你记得吗？”

“记得。可那次我们知道上哪儿去。我们有个家。”

“随便哪家破旅馆，哪间阁楼，或者塞纳河上哪个桥洞，都比我们住过的房子更有保障。就算你父亲活着那会，住的也是个破窝，而且总是受威胁，亚达。”

“本，放开我，走你的！”

“亚达，小时候你就恨我，现在还恨？”

她转过身，没有回答。两个人身子都在颤抖，漫无目的地往前走。

“你还记得游戏吗？”

“什么游戏？”

“你发明的……或者我发明的那个？趁大人们睡着了，半夜独自出发的那个。”

“傻瓜。我那时才八岁。”

“那又如何？”本说，“难道我们变了吗？”

“没准变了。”

“我呢，一直不断地梦见这个游戏……我们那时孤孤单单，可怜巴巴，没人照料，可是也没有人来打扰，不管是你厌恶的人，还是喜欢的人，都没有。”说到后面他压低了声音。

她停下步子，往街边的长椅上一倒：

“本，我会变成什么样子？”

“亚达，你那会儿在哪儿？和谁在一起？”

“你想说什么？你疯了？你现在相信赖莎伯母了？”

“你刚才去哪儿了？我从来没有见过你这副模样。你的头发乱做一团。脸色苍白，身子在发抖。你好像是从另一个世界来的。”本轻轻地说。

“我是从另一个世界来的。可是我不能告诉你。本，不能告诉你……”

“为什么？”

“因为你会笑的，而且有理由……”

“你只要告诉我，你是不是和一个男人待在一起来着？”

“我？一个男人？”

看到亚达幼稚的惊愕，本不由得笑起来。他低下头，用硬邦邦的两只大手捧住亚达的脸庞，用童年就用来发泄的残忍动作在她的腮帮上狠狠地拧了一把，痛得她大叫起来。接着他小声地说：

“从十三岁以来，我就夜夜梦见你……”

亚达抿紧嘴唇，使劲把本推开：

“你疯了？你想干什么？我不喜欢你。”

“亚达，你听我说。你现在得回去。你就让我妈叫几声，或者打几下。你什么也不要说。我呢，我去打短工，设法对付对付，弄点钱，过几个星期，几个月，找个好日子，我们就一块动身，就像这样，什么人也不告诉，然后我们就结婚，亚达。”

“什么？”

他发火了：

“我们就结婚，我跟你说！我只要弄到一些钱，够住几天旅馆就行了。这就是我要你给我一个期限的原因。再过六星期，我就二十一岁了。”

“我呢，我还不到年龄。”

“我会安排好的。我们总会找出一个解决问题的办法。从法律上说，你父亲还没死。我们可以假装得到了他的允许。这很容易。我来安排。你以为有人会在这上面找我们的碴？谁会对我们感兴趣？啊，要是哈里·希纳结婚，当然要按照神的法律和人的法律，把婚事办得规规矩矩，漂漂亮亮。可是我们，谁会操心来管我们的闲事呀？”

他这番话说得又快又急，从前他就是用这个办法来迷糊伊万诺夫的。

“你就这样喜欢走弯路啊，本？”

“弯路？你这是什么意思？”

“是啊，有两条路，一条干净、平坦，明亮，另一条崎岖，黑暗，长满荆棘，每走一步都有可能遭受惩罚、蒙羞受辱，你就不害怕吗？”

“我来告诉你为什么吧，”本笑着说，“这是因为我想不出别的办法。而且我要再说一次，谁又会操心来管我们的闲事呢？我们受苦谁会流泪呢？没有人会关心我们的。”

“的确，没人管我们的事，我们饿死也没人管，”亚达说，“你说呢？”

“我？饿死？为什么？”他夸张地叫起来，“绝不！绝不！亚达，绝不饿死！饿死只会好了别人！饿死！你要知道有许多窍门可以活下去……你放心吧，用不着偷，也用不着杀人！买进、卖价、跑跑路、说说假话、走点私、做点假货，都可以活下去！”

“嗬！你在瞎吹哩，”亚达耸耸肩膀，“你还是老样子，本！你以为你比别人强，比别人狡猾。人家会把你吊起来的，就那么一下完事。到了绞架上面，你还会叫喊‘看啊，我比你们高得多！’”

“傻瓜，”他像儿时那样，不屑而又尖刻地骂一句，“你什么也不懂吗？是啊，我是在瞎吹，我在胡编乱造，可是只要你想得心诚，想得迫切，开始是你想象没有的东西，最后是你没有想象的东西，它们都会归你所有。”

“你真这么认为？”亚达小声问。

她伸出双手捂住脸，接着摇了摇头。

“现在不行，我认为你是在嘲弄我。再说，现在你都疯了。”

“我们俩都有点儿疯！我们不是有逻辑头脑的人，我们也不信笛卡尔主义，更不是法国人！人到了十七岁，还像八岁时一样爱个陌生男人，这难道算得上理智？”

“住嘴！”

“哼，被我说中了吧？”他低声说，狠狠地握着他刚才抓过来没有放开的手，“好吧，我不笑，你明白吗？你也别嘲弄我了，好吗？亚达，我向你发誓，过六个星期，我就会弄到足够的钱，除了买只戒指，还可以在旅馆住几夜。然后，我们就一起过日子。我也没有别的话跟你说。我们一起过日子好了。”

“可是我不需要你，”亚达叫起来，反抗的眼泪滚滚而下，“我能够养活自己！我可以自食其力。我不喜欢你。有一天我会离开你的。”

他喃喃地说：

“嗯！将来……我不在乎……我只看到我们一起动身的日子，再远一点，我就不想了。到那天，吃过午饭，我们分头动身，我呢，去拿包裹，你呢，去春天百货配货，等我们回到那里，就是夫妻了。”

他放声大笑，笑得那样响，那样神经质，连眼泪都滚了出来：

“你看见我妈那张脸吗？看见吗？她一气之下会把我们两个都赶出门的。天哪，我们一起动身吧。亚达，别再说你能独立生活，自食其力了。你还太小，太嫩。我呢，我让你画画，想怎么画就怎么画。”

他扶她站起来：

“来吧；我们虽然受虐待，挨打受骂，冷嘲热讽，可我们却在暗中准备一个复仇的计划，还有什么比这更妙的事？因为我妈要是听到这个消息，会气得喘不过气来的！亚达，来吧……我经常遭人嘲笑，人家都不跟我玩，我想：‘总有一天，你会像老子这样遭人排斥，总有一天，老子会成为天下最强的人。”

“你成为天下最强的了吗？”

“现在成了。”他嬉皮笑脸地说。

天上开始落下豆大的雨点。亚达跟着本跑起来。

过了几星期，本弄到了一些钱，还有结婚所需要的文件证明。一切都像他所说的：有一天，他们分头出门，去给家里采办货物，然后到市政府会合办手续。回到赖莎伯母家时，两人已经是夫妻了。赖莎伯母果然把他们赶出家门。那天他们是在旅馆过的夜，从此就作为夫妻，过起了日子。

十五

美叶街，希纳公馆，白天的舞会到八点结束。

哈里的母亲与姨妈们按照年轻时故乡城市的时髦用语，管这些舞会叫“疯狂的白昼”。她们带着侨居法国的岁月并没有抹去的、只是受了某种洗礼的乡音（如她们不再以俄罗斯的方式用大舌，而是用小舌发R音，这就使她们说的一些优雅、礼貌、极其精练的语句具有一种郊区风味）发出邀请：“能否赏光，携同漂亮女儿前来参加寒舍十七日的疯狂白昼。”这时人们便觉得，这种邀请肯定别有一番旧时的东方情调。有人甚至说具有“斯拉夫情调”，不过没有任何恶意。

到八点钟，摆了冷餐台的绿色大客厅里嗡嗡声低了好几度。里面的笑声和单独的交谈声都听得清楚了。而在一刻钟以前，那里面响着的，还是上百人的话声、脚步声、音乐声交织的一片混响。不过女主人仅仅是在受过训练的耳朵听到一只鸟在花园树上鸣叫时（这是一只迟归的鸟，被灯光诱骗来的），才开始希望得到真正的休息。她站在苋红色的走廊门口，握着告别者的手，机械地说着再见的客套话，那个慷慨劲儿，就像园丁把喷壶里的最后几滴水，一股脑儿淋在花朵上。

“亲爱的太太，我都几乎没有见到您……我们得趁着白天……亲爱的孩子，向您母亲问好……”“肯定快九点钟了。”她想，可是还得招呼那些迟迟不肯离去的、那些永远心不在焉的客人，那些苦等某个女人、不肯放弃希望的嫉妒鬼，那些待在石头露台上的恋人。再说，家里来了客人，她像俄罗斯人一样，很高兴，也很好客，可是今晚，她急着想和哈里独自待一待，想了解他们进展如何！

一个钟头前，当哈里和劳伦斯·德拉舍走进餐厅时，她就猜出了几分。姑娘在前面几步，哈里热烈深情地看着她，那种眼光，做母亲的是多么熟悉啊……啊，从那一刻起，她就颤抖了！哈里的面部表情就像是一本打开的书，上面写了什么她看得清清楚楚。至少她是这样认为的。一如所有母亲，她对于真实情况是既清楚又糊涂：显露得明明白白的东西她不知道，而哈里本人还不明白的东西她却察觉了。在她看来，儿子的灵魂是个隐迹本子，上面写的文字有时只有一个字可以理解，但这却足以让人豁然领悟了整篇文章。她想，如果做母亲的不是头一个看出儿子脸上那种既卑微又苛刻，为尚未自知的爱情所特有的神情，那要什么样的母亲才是名副其实的母亲？她在回忆中又看到了儿子那种神情，不由得把手按着胸口，指头上的钻戒在夕阳光照下闪射出蓝色的光辉。

“钻戒戴多了……总是戴得太多。”她的大姑小姑这样说她。可是珠宝不是为了收在保险柜里而制作的。她那些大姑小姑穿衣打扮那么单调，那么像男人……哈里的伯伯们便鼓励她买些珠宝：就是凭她自己，凭她这个姓氏，她也应该去买，而且这也迎合了他们东方人的那种追求财富的秘密爱好，因为买了珠宝，就可以让财富在自己手上流动，在心口收藏。她也是这种看法。就是在今晚，看到自己白胖手指上这些辉光，她也暗暗地感到安慰……她很需要安慰……今晚她很不痛快……她觉得哈里与那个年轻姑娘一定谈到了一些严肃的话题，没准还是影响前途的话题呢。上帝啊！她儿子还这样年轻！她用俄语叹息说：“唉！老天爷呐！老天爷呐！”她每次脑子混乱的时刻，法语就说不灵光了，一说就出错，虽说她是从三岁起就跟一个巴黎女人学了法语。她连着重复了好几次：

“看到你们这么早就走，我很抱歉……”她又不安地低声问：

“我儿子……我儿子在哪儿？”①

大姑小姑们都知道她这个弱点，好几次恼火地跟她提到一则众所周知的犹太故事，一位富有的银行家太太分娩时呻吟说：“上帝啊，痛死我了！”可是丈夫只在听到她用意第绪语唤他时才赶来，因为他知道，这才到了孩子即将出世的紧要关头。不过大姑小姑们都很刻薄，令人厌恶。再说，她也不会说意第绪语！她又不是在下城长大的！不过也不能否认，思想一紧张，就记不住法语那些语法句法规则，因为它们也委实太难了。

在阳台上，几对男女迟迟不散，还在沐浴着夜晚的清凉。哈里在哪儿？天呐，他不可能就想结婚吧？他才二十一岁哩。

“唉！儿啊，我的独生儿子啊，我的心肝宝贝啊，”她内心在频频叹息，“虽说结婚是件喜事，可谁知道会发生什么？又怎么预见呢？上帝的意愿是什么呢？婚后的事儿谁来安排呢？”伊斯拉埃尔民族遭受的种种磨难大概成了骨子里的回忆，她总是不由自主地想起来。她站在老地方，下意识地对围在她身边的女人说些雷同的送客话，深沉而有神的漂亮眼睛却显露出惊慌和失望的神色。她焦躁不安地扭头四顾，好像她闻风察向，看灾难会在哪个方向出现。因为儿子要是完婚（但愿上帝不允许！她在心里用俄语默念一句，并且悄悄地，若无其事一般地摸了摸一张桌子的

① 这句话是用法语说的，“我”这个主有代词应该是阳性，却被希纳太太错用成阴性。

贵重木头，以消灾避难：有两个咒语总比一个强，她的思想相当开放，可以接受不同民族的迷信），儿子要是完婚，谁又能肯定他会幸福呢？她可不希望儿子招来风险！她带着某些母亲蛮横的自信，认为这场婚事是不会带来幸福的。恰恰相反，她总是觉得人家要害哈里，要中伤他，侮辱他……不管与谁结婚，都充满了巨大的危险。婚容易结，危险却很难防范，就像在俄罗斯，某些节日前夕，人们走出教堂时要点蜡烛：不管刮风下雪，蜡烛总是点得燃的，可是要一直燃到家里，要照亮阴暗的街道，要顶住一阵阵寒风的袭击，那就不容易了。很少有人能够一直点到家里。她本人的家庭生活算得上幸福，虽说此刻她不无歉疚地回想起一些醋意大发的场面，夫妻生活中一些任性的往事……不过，要紧的是，她和她丈夫说同一种语言，从某个意义上说，也就互相理解，而那个姑娘虽说人很漂亮，也是好人家出身，却终究是个外国姑娘。而且，这些法国的灵魂怎样，你又怎样去了解？那个姑娘头发那么浅淡，脸色那么粉嫩……一时间，希纳太太展开想象：她儿子皮肤那么深褐，那漂亮姑娘是雪肤金发，从他们的结合里会生出什么样的孩子呢？再说，姑娘家信天主教的父母又会同意吗？要是他们不同意，哈里必将遭受屈辱，想到这里，她预先感到了痛苦，她的心已经在流血了……（上帝啊，救救我们，保佑我们吧！）“为什么犹太人在爱恋的时候，觉得爱就是颤抖的同义词？”她想。这么一来，她就待不住了，决定去找哈里。她故意拉住一个妇人的手臂，大声说：

“不要走，不要走，再坐一会儿，我不愿让您走……来喝点什么吧……天气这么热，来杯冰淇淋？不行！不行！不要拒绝，来吧！”

她绕冷餐台走了一圈。哈里不在那里。她把那位女客拖向阳台（“里面闷死了，您不觉得吗？”）在暮色之中，她看见哈里和劳伦斯·德拉舍单独在那里。一阵沉默。

希纳太太想努力表现得可爱一点，脸部在抽搐了几下之后，终于挤出了一丝和悦而凝固的微笑，那副模样，就像一个贩卖旧货的老女人正在迎接顾客。她那张收缩变小的嘴巴试图努成丘比特之弓的形状，她那双滴溜溜乱转的黑亮眼睛以惊人的迅捷扫过姑娘的脸蛋和身体。“好像在估价我能带来的东西。”劳伦斯心想。

她没有想错。可是做母亲的估价的东西，不是用苏[①]，也不是法郎，而是用幸福的可能性来衡量的。她的心深受嫉妒、不安、憎恨和温情的折磨。

过了一会儿，有人来找劳伦斯。现在，客人差不多都走了。从阳台望过去，看得见一连几间阴凉的大客厅。客厅的窗户都是打开的，从那里射进淡弱的绿光。在用微微泛着银光的白缎包裹的家具中间，最后一批客人在找女主人道别。哈里微微一笑，挽起母亲的手臂：

“来，妈妈。”

她有点迟疑：

“哈里，哈里，”她小声地呼唤儿子，爱怜又伤心地望着他，那种表情，只有在她照顾生病的儿子时才出现在她脸上，那样子就好像是她本人得了偏头痛和胸部炎症，“哈里，我的儿，告诉妈妈一句话。”

---

① 法郎的辅币。

“等一会，妈妈，等一会，等剩了我们俩再说。”

“你向她求婚了？”她用法语问道，忘了在巴黎大家都会这种语言。平时她一犯糊涂就这样。其实她如果不希望被人家听去，应该用另一种语言。

“求了。”儿子说。

她手指间搓揉着粉红色的薄纱手帕，神经质地把它按在唇上和鼻孔上。她有极好的家教，知道不应该用诅咒、尖叫来表达痛苦和沮丧。不过无论如何，她出身的阶层要比大姑小姑她们低一些，她家只是两代富有，而希纳家是三代。她本来可以用嘴唇的颤抖，用高傲的摆头来表露痛苦，可是她还没有学会这样做。在挚爱的兄弟去世时，大姑只用一个动作表达她所遭受的打击就赢得了全家的敬重：她低下头，好像在祈祷，然后她抬头望天，不说一句话，这就表现了遵从天意的意愿、真诚的悲伤以及她所受的良好教育。可是希纳太太没有达到这个高度，她还得慢慢地绞着戴满戒指的指头，眨着眼皮，呻吟，叹息，一句话，用一种表演似的方式来表露压迫她的情感，不论是严肃的、深沉的，还是简单的情感都是如此。

她爱儿子。她为儿子担心。然而哈里却是怜悯地有些不耐烦地望着她。

她嗫嚅道：

“我知道会有祸事发生……我整夜都梦见一汪浑水。”

“你认为我与劳伦斯·德拉舍结婚是祸事，妈妈？”

哈里知道抿紧嘴，垂下眼帘，保持镇静。可是她看出来了，她感知到了一个孱弱的、神经质的、敏感的身体的颤栗。孩提时期，哈里每次受责备（那是多么和气的责备啊！），她都从没有听到他抱怨，不过，接下来，他要颤栗好久。

“亲爱的，你还这么年轻。”她说。

“那么，妈妈，接下来听到劳伦斯拒绝了我的求婚，你一定会高兴。”

“她拒绝你？为什么？”

哈里没有回答。他想走开，可是希纳太太插在前面，拦住他的去路。

“她凭什么拒绝你？”

“她父母不同意。”哈里简短地说。

她朝天举起双臂。是啊，她在惊骇之中，从一面扭曲的镜子里看到了自己的身影，便朝空中挥了挥手。她怒不可遏。她儿子，哈里，竟被那个姑娘拒绝，遭受侮辱！她儿子，不幸的儿子！她因为他而感受的每种痛苦，看到他不幸的痛苦，害怕失去他的痛苦，不是一个健全身体遭受的真正伤害，而是一处旧伤遭受的狠命一击，打得伤口更大，不停地化脓流血。

“我们比她家有钱！”她高傲地说。

“妈妈！”哈里用哀求的口气说。

她马上变得卑贱了：

“你爱她吗？亲爱的，你爱她吗？”

这一刻，要是让她跑到天涯海角，去乞求尘世的权威主宰（谁去乞求呢？难道不是她，处在这些主宰的她？这让她感到一种奇特的困惑），她也会在所不辞，她会跪在石头地上，祈求众神将那个姑娘许配给她儿子。就在几分钟之前，她还在担心儿子要娶那个姑娘。

“她会答应的。”哈里轻轻地说，与其说是给专心想事、一身颤抖的母亲，不如说是给自己听。“我还会求她的，我会变得讨厌、会低三下四、苦苦哀求，会向她施加压力。”他想。

他心里升起一分压抑不住的希望，这是从失败中产生，由失败孕育和滋养的希望。

他母亲还在说话，他懒得回答。他轻轻地把母亲推开，径直朝一个正在向他的姑妈们告别的客人走去。稍后，最后一辆车子也开走了。哈里回到自己房间。这时，突然生成的雷雨将头一批雨点砸到了巴黎的地面上。

十六

虽然法国的老牌德拉舍银行与希纳国际银行关系良好，可由此而认为劳伦斯与小希纳的婚姻可期，甚至可能，那就大错特错！从这点可以看出这些外国佬的蛮横无理；他们不知从什么地方冒出来，我们好意收留他们，可是他们在我们国家摆出的架势，就跟征服者似的。劳伦斯的父亲这样想。他假装没有注意到女儿哭红的眼睛。这事说起来真是让人气愤。爱情？废话！她才十八岁哩！他觉得自己刚看见女儿穿着短裙和短袜，在夏日的早晨跑进乡间别墅餐厅的模样……（她有一件起花的小背兜兜……）现在竟谈起爱情，要结婚了。诚然，他是会让她嫁人的。但那是将来的事……他气恼又沮丧地偷看了她一眼。他对女儿的爱，是一个忙碌的、强壮的、充满阳刚气的父亲的爱，他的声音干脆，动作果断，不会婆婆妈妈、黏黏乎乎。他有四个儿女，当他们中的某个要与他说话时，老德拉舍总是劈头盖脸一句："好！什么事？那又如何？"声音显得很不耐烦，很不愉快。他的手迅速地一挥，似乎预先就把他们的论据、理由扫掉了、排除了。接下来他提高声调说："我，我可告诉你们……"或者："这就是你们应该做的。"三个大一点的孩子已经到了经受生活磨砺的年纪。两个女儿嫁了人，儿子也有二十五了，他们都变得比小时候听话、乖觉。可是拿这个十八岁的丫头片子怎么办呢？她还在又愚蠢又固执，撞了南墙还要撞的年纪，就像一只蜜蜂，围着窗玻璃嗡嗡飞，碰了一次又一次……劳伦斯有无可能真的坠入爱河了呢？……一想到她与那个小希纳的爱情，德拉舍就觉得血涌上了硕大的头颅，充满了斑白的头发。他愤怒地挥舞着餐刀与餐叉。劳伦斯什么也不会对他说……在他面前，她总是怯生生的，有话总是藏在心里。而他也希望这样。无论如何，一个年轻姑娘家谈论爱情……总是有害无益的嘛。她父亲是个法国人，充满了羞耻心。一桩由他来安排、婚约细节和陪嫁由全家人讨论的婚事，才容易为他所接受。这样才会美饰、掩盖与一场结合的物质基础有关的一切。可是爱情！一个年轻姑娘的爱情，算了吧！不过他还是受了感动。与孩子一起，他常常有一种复杂的感受，既兴奋又烦恼。他们生病或者应该挨罚的时候，他对他们是既怜悯又气愤，就像一种隐约的厌恶。他的思想敏锐、明确，他很欣赏自己这个优点。但是在与那些没有理智的人来往时，这个优点没有多大价值。因此他无法禁止自己把他们——女人与孩子看做下等人。那是一个没有把握的领域，在里面，他总是怀着极大的疑虑和恐惧往前走。他是往前走吗？不是！他更愿意像现在这样，转身往后走，低下头，不说话。这样一来，当他认为这样做更理智时，谁也不知道这个粗暴的能说会道的男人还有一些私下的想法……再说，生活最终教会你，不管你多有诚意，多有爱心，你都没法帮助人家……不，不管人家是痛苦、患病还是死亡，你都无能为力，爱莫能助。他头一次强烈地生出这个感触是在妻子分娩的时候。那次她痛了四十八个钟头才生下劳伦斯。从此，他就构想出一套特别的哲学，涵盖了家庭生活的所有方面。这套哲学自有其威严的地方，也有其灵活之处。大人应该塑造孩子的生命，如果需要，要大力引导他们朝大人认为对他们最有利的道路走，但是大人不能越俎代庖，替他们受苦，而是应该让他们自己解决问题。当孩子想跳进水里摘一朵闪闪发亮的花儿的时候，你就要用强有力的手拉住他，当他想要什么东西没有得到的时候，你要尊重他的失望。在与行为有关的问题上，要表现出威严来，甚至要像个暴君，不要想一直深入到服从于你的人的心灵之中。

不行！这样的婚姻不是理想的婚姻。不仅劳伦斯的父亲信天主教，而且……再说，问题并不仅仅在于一个犹太人，还在于一个外国人。他家不能接受一个外国人，他女儿也不能嫁给一个外国人。不行，这或许是一个太高傲太武断的裁决。其实外国人在他脑子里是分了三六九等的。要是女儿嫁个盎格鲁-萨克逊人、拉丁人，还说得过去……他一个姐姐就嫁了个西班牙人。她那场婚姻，家里人没有什么话好说，因为那可怜女人难产死了。他不禁认为，要是姐姐嫁的是法国男人，会生下一些儿女，绝不会死于难产。不过虽然这样想，他与姐夫的关系还是不错。因此他并不是排斥外国人，不是，而是……所有从东方来的人都让他觉得可疑，这种感觉怎么也消除不掉。斯拉夫人、地中海东岸人（指土耳其人和希腊人）、犹太人，他不知这些词语中哪个最让他厌恶。他不清楚他们的情况，觉得都靠不住……就拿希纳家的财富来说吧。诚然，那是一笔巨大的财富，甚至太大了，这样一笔界限不清、变动不定的财富……有乌克兰和波兰的糖厂。据说，乌克兰的糖厂在俄罗斯革命爆发之前就卖掉了，而在波兰的糖厂经营得不错，每年带来大量收益：瞧吧！这一切都空泛得很，不固定，也不明白……一笔外国的财富，总是天方夜谭……啊！这不好，靠不住……就是那家银行，现在属于哈里的伯伯，哈里在里面学习，直到有一天以合伙人的身份进入的那家银行，在国际上著名的银行，也因为那些国际关系、名声和神秘力量的传说而让他恼火。一家实力雄厚的像他这家这么可靠的银行，会与这些外国人的银行联姻？不会。他这家银行起初只是一家外省的老牌银行，一直是父传子承来管理的。而希纳家的银行……起初大概是个兑换钱币的商铺、卖旧货的摊子，或者是放短期印子钱的钱庄。啊！他是多么厌恶这种结合呵！这种敌意的基础也许是一种身体的印象。哈里的几个伯伯都是小矮个，面色不正，尖嘴猴腮，眼睛贼里贼气。德拉舍则是身躯凛凛，相貌堂堂，浓眉大眼，气色鲜朗，声如洪钟。他经常在希纳家吃晚饭，打心眼里瞧不起这些总是抱怨胃疼、要吃特定的伙食，餐后只来“一指头莱茵葡萄酒”的可怜家伙。莱茵葡萄酒？在法国喝莱茵葡萄酒？在出产白兰地和香槟酒的国度！这真是一种无礼。还有他们走起路来无声无息，像猫一样在地上滑移。另外，他们都是一副模样！他们是孪生子。可是你永远弄不清是在跟所罗门，还是在跟伊萨克说话。他们突然一下从你身边冒出来，带着他们那个种族特有的嘲弄般的焦虑不安的微笑。希纳家的一切他都不喜欢。一种品位低下的豪华。一种失去理智的浪费！那些女人……啊，天呐！那个做母亲的，那个浑身珠光宝气的胖婆！还有那些姑子，装腔作势，假模假样，还读尼采呢……那一家子人！……斯拉夫人、德国人、犹太人，都是半斤八两，一路货色。都是一团迷雾，一片混沌，看不明，猜不透……最后，那小伙子本人也不讨他喜欢。这是最要紧的。首先，哈里的身体让他厌恶：又小又瘦，弱不禁风，还神经质。他的头发……老德拉舍想到了那又粗又硬的灰头发，那小伙子每天早上大概得毫不留情地抚平一头天生的鬈发，他的眼睛倒是清澈明亮，就像一汪燃起火焰的油。他的脸色苍白泛黄，像患了肝炎……按他的年纪，这种脸色一点也不年轻、清新。

“他显老气，”德拉舍轻蔑地想，“劳伦斯喜欢他，这可能吗？女人真是不可思议。”

这时德拉舍家精美丰盛的晚餐结束了。劳伦斯的姐姐哥哥看到父亲板着脸，显然心情不好，便大声说话，想转移父亲的注意力。只有劳伦斯没有说话。吃餐后甜点的时候，父亲突然朝她转过身，说道：

“你要是累了，就上房间休息吧。像你这样感冒了还上桌吃饭，真是再蠢不过了。”“她眼睛都浮肿了。”父亲耸耸肩膀，扭头对家里其他人说。“去吧，闺女儿！”

他能为女儿做的，就是这些了。允许她独自待着，在枕头上洒几滴眼泪。劳伦斯从座位上站起来，走过来拥抱父亲。

“明天就没事了吧，嗯？”他小声问道，带着她熟悉的那种不耐烦的揶揄神情。她甚至喜欢这种神情，因为对她来说，这就是男性力量的具体表现。

她低下头，伸过面颊来让父亲亲吻，然后望着父亲说：

“不知道。”

就是这点让老德拉舍担心。

十七

两年以后，哈里在劳伦斯住的街道拐角上等她。劳伦斯独自一人从家里走了出来。谁也没有察觉到她在与人约会。虽然这些约会规规矩矩，却让她心里充满内疚。在罪过的道路上每走一步，都会遭到内心的某种抗拒，以至于领略不到绝对合法的快乐。还在孩提时代，她就不曾享受过不听话的快乐。她只能在一个事事清晰、处处明白、没有半点迷茫混沌的世界里呼吸和生活。尽管如此，她还是接受了约会。因为她喜欢哈里。

好长时间以来，她都惧怕这种爱情。她天生不愿意不加任何提防，就让一股如此混乱炽热的感情侵入内心。说实在的，在她看来，这样一种感情，它极端浪漫的戏剧性的一面，就算不可笑，至少也显得怪异。因此，她微笑着在内心称其为“凯普莱特—蒙太古”式的爱情[①]。而且，和父亲一样，凡是怪异的东西、外国的东西，她一开始都不喜欢。不，她不会像亚达可能表现的那样，像久旱逢甘雨一样欢迎这场爱情，而是敏锐地、审慎地、矜持地对待它。这就像法国花园里一些美丽的玫瑰，一场暴雨过后，虽然浸透了水，却一片花瓣也没掉，一片叶子也没皱。大颗水珠在花瓣上滚动，却只能渐渐地洇进润进花心。哈里在心里经常拿劳伦斯与这些清新而孤挺、微微绽开的花蕾相比。要进入她暗中反抗的内心并非易事，可是他现在却在里面安营扎寨，发号

① 莎士比亚戏剧《罗密欧与朱丽叶》中男女主人公的爱情。两人分别属于意大利贵族世家蒙太古和凯普莱特。两大世家彼此仇视。

施令了。这是对他长期忠诚不渝、热烈追求的回报。他是多么爱她呀。在空荡荡的大街上，他跟在她后面行走（这时才早上九点，姑娘上学校去，不必担心别人撞见），神色是那样怪异、反常，吓得劳伦斯小声说：

“别这样看我。”

“为什么？又没人。”

“你那目光让人羞死了。”

他知道，劳伦斯身上这种羞耻心不是假装的。他也知道，与其说姑娘对他冷漠，不如说这是热血沸腾、担心不能自持的表现。他牵起她的手，紧紧握着，还把指头插进她的手套。她偏过头来说：

“哈里，我又跟父亲说了。”

他停下脚步，脸一下白了。劳伦斯从没看见一张人脸表现出这么多层次的痛苦，从恐惧一直到受伤的自尊，全部都写在脸上。不过他却没有言语和动作来表现快乐。她很同情哈里。她想看到他容光焕发、喜气洋溢的样子。虽然他稚气未脱，但是这张心事重重、不苟言笑的脸总是显得比真实年龄老。他听见劳伦斯说：“他同意了，哈里。”哈里变得焦虑和怀疑。

不过，过了片刻，他那苍白的面颊就猛地浮上了一团红晕，好像他终于明白了，好像那些话一直深入他的心底，让他那不肯平静的焦虑睡着了。

他低声说：

“这是个伟大胜利。”

他虽然比别人痛苦，却也善于享受他的胜利。这是一种清醒的陶醉，仅仅是它就足以用其怪异的幸福来抹去这么多年的痛苦。他曾经因她，因这陌生的遭人嘲笑的爱情而不幸……现在，她终于接纳他了，她是爱他的。现在，就是让他为她去死，他也会高高兴兴，在所不辞。

“这是真的？他是怎么同意的？他说了什么？”

她没有回答。她不能复述父亲的话。两年来，她一直在与父母斗争，不曾稍歇。她父亲头一个感到厌倦。她曾经那样盼望这个时刻，然而现在盼来了，她却几乎感到后悔了，因为这一刻已经被怜悯和内疚毒化了。她从不曾注意，父亲在这两年老了多少啊，就是头一天，他还气得颤抖地说：“那好！你要嫁就嫁好了，不过以后不要来求我，不要来向我诉苦！”就是在那一刻，她看见父亲脸上深深的皱纹，往上翘起的下颌，干瘦的颈子上喉结特别突出。从前她被爱情蒙住了眼睛，一直没有注意到这些。哈里呢，现在他是喜出望外了！他刚才说什么来着，一场胜利？是啊，他胜利了，可她却从骨子里感到了父亲的失败。

父亲说的话，她能向哈里复述吗？那么多狠心话、不公正的话、无益的话……可是哈里似乎猜出来了。他脸上的喜气顿时一扫而光。他痛苦地说：

“他说了什么话，我意识到了。”

他不做声了。两人一起上了车。在车厢的黑暗里，劳伦斯怀着柔情、怜悯和一种特别的感觉，把她的初吻给了他。

十八

有一天，同事给里拉介绍一个外国人。“他是库尔德人或是印度人，”同事说，她和里拉一样，也在一家音乐厅当脱衣女，“不过他显得可怜。”

库尔德人或印度人爱上了里拉，开始给她送花和糖果。他显得很卑微，一副饱经沧桑的样子，激起里拉满心的怜惜之情。但由于她并不把委身看得多么重要，男友有一天就挨了她深情的责骂：

“你真是疯了，把一件这么简单的事情弄得这么复杂。你是想跟我睡觉？那你就明说：‘我想跟你睡。’送这些花和糖果有什么用？大家活得都很艰难。你也别太破费。”

听了这番诚朴的话，男人以一种非同寻常的方式做出反应。他用紧张的声音问道：

“这么说，你不知道我是谁？”

她不知道他是谁。他把自己的姓名告诉了里拉。他是东方一个小国的专制君主。他那个国家出产石油供应英国。出于这个原因，王室的专用款是用英镑支付的。他对里拉说，他从未见过如此看淡钱财的女人。他吻着里拉的手向她表示，是她的斯拉夫性格和善良吸引了他。另一方面，她又是这样漂亮……里拉愿意吗？她只觉得头晕目眩。她都看见自己成了国王的妻子、王子的母亲。不幸的是国王已经娶妻。不过他给里拉提供了一个令人羡慕的命运：在他的都城给里拉一座宫殿，里面刚刚安装了中央供暖系统；同时在巴黎给她一套公寓，还有许多裙袍。而她必须跟他旅行，因为他次日就要离开巴黎。

里拉想找一个人说说自己遇到的好事，但又不想对赖莎伯母说，于是想起了小堂妹亚达，便风风火火来到她家。她们有时还见见面。当赖莎伯母发现生米煮成了熟饭，也就不得不承认这个既成事实：对这两个敢于违抗她的小家伙，她心里还是暗暗佩服。说来也怪，从前泰尔纳街的住所阴冷凄清，现在亚达却觉得相当温馨和睦；无论如何，她也只有这个家才能落一落脚。新婚之初，她拼命工作，做过裁缝、售货员、打字员。近几个月，本挣了几个钱，于是她又可以绘画了。她现在有二十岁了，动作干脆，面色苍白，表情丰富。遇到激动的时候，瘦瘦的脸上就显出红晕，起初是桃红，由浅转深，最后变成暗红。而平时，她脸上没有血色，看上去精神不振，像是有病。尤其是她又不喜欢涂脂抹粉，即使有时化化妆，也化得非常笨拙，所以脸色就愈显蜡黄。她身材矮小，尽管略嫌单瘦，但是匀称。结婚之后，她的体形稍稍丰满了一些，但是还像小女孩一样苗条，而且她还像从前，说话做事都是风风火火。现在，她把头发往后梳，但是干活的时候，头发又恢复了儿时的形状，一排刘海齐刷刷地落到眉毛上面。她年轻的额头带有画家的记号，即两道眉毛之间那几条纵向的皱纹，这是因为太专心太投入地注视她所观察与再现的目标所致。亚达与本居住的房间很寒伧，但是整洁明亮。里拉进来的时候，亚达正在给一个女人画头像。她是玫瑰街的一位年轻犹太女人，皮肤细腻得像羊脂，眼睛又黑又亮，显得很有心计的样子。她已经有双下巴了，颈上戴着一副假珍珠项链。头发亮亮的，两鬓鬈起来，压在面颊上。她是从立陶宛移民来的，因为毗邻而居，亚达有时就请她当模特。

里拉不等她走，就气喘吁吁地说起了自己的遭遇。

“温柔的小火鸡。”亚达心想。这位堂姐似乎天生就是有这种好运的。她只是被动地接受生活给她的东西——或是抚摸，或是耳光。由于愚蠢，她避开了一个种族不可能消停的诅咒，却在不断而且徒劳地寻求超过上帝。亚达觉得她带来一股喜气。

“我不会忘记你，亚达。我会帮你的。我会寄钱给你。”

亚达微微一笑，表示感谢。她很清楚，里拉只要一过国界，就会把一切都忘掉。这不是她的过错，而是她的福气……这个鸟脑袋……他们两姐弟差别多大呀。她想。

“你们过得怎样？”

“还不错，”亚达回答，“当然，不是法国人所谓的幸福生活。”

在家里，大家都很不信任地看待本和亚达的生活。这些似乎还不知道怎样做出一顿热饭、一盆土豆炖牛肉、一锅好汤的年轻人，这些操着陌生的语言、在你面前低着头匆匆走过、似乎怕你的年轻人，其实……对，他们就是一些外国人……喏，这个词把一切都说出来了。一些漂浮的人，没有根基的人，一些移民，来历不明的人。一般而言，大家本能地憎恶本，而同情亚达。不过就是这样，在一个富同情心的女邻居和亚达之间，也存在着不理解的鸿沟。女邻居是这样想：“可怜的姑娘，要一个人打发漫长的白昼。”而亚达却是瞒着众人，生活在真实世界的边缘，过着半是现实半是幻觉的生活。至于舒适的设施，精心准备的小菜，用打折买的一米绸带缝制的帽子，至于伴着油灯，膝上枕着婴儿，看着对面的丈夫套着拖鞋读报纸的温馨夜晚，至于这种如此美妙、如此和谐、如此让人羡慕的法国式生活，那就是……不错，那种生活是惬意的，但也是艰难的，尤其是本和亚达觉得那不是自己的生活，就像游牧民族觉得定居民族在富饶平原的生活与自己无关一样。

“唉！你呀，你总是像个梦游者一样生活。”里拉有点看不起的意思。

她突然走到亚达身边，抱着她亲吻。

“亚达，亚多契卡，原谅我吧，我是个蠢女人，是个傻瓜。我向你发誓，永远不会忘记你：可是我们不清楚，永远不清楚……那么，趁我在这儿，我想送你一份礼物。听我说，我包里有一万法郎。是啊，他刚刚给我让我买箱子，买路上穿的衣服的。我们把它分了。不过这份心血来潮的礼物只给你，不给本。”

“为什么不给本？”

“不靠你和我，他也弄得到钱的。我还没有见过什么样人比本更有自信，知道水淹不了他火也烧不了他。”

“你给的钱，他会找到的。还是给他吧。”

“傻妹子，你把它藏好呀。”

亚达拿了里拉给的五千法郎。堂姐走后，亚达先去检查刚才画的作品。她睁着敏锐的眼睛，检查画面上那张胖脸、鹰钩鼻、假珍珠和肘部磨破了的缎袍。这里那里，都有画得不错的地方……那支旧蜡烛黄色的光焰与用老鹳草红画的嘴唇正好形成对照，还有沉重的眼皮里面转动的眼波。可是缎子的光泽还不够蓝。她拿着调色板踌躇半晌，最后还是把它扔了。这幅肖像既吸引她，又让她厌恶。为什么不画些漂亮姑娘在秀美的花园游玩，不画些颜色浅淡的帽子、水柱、六月的鲜花呢？她画不了那些。这不是她的错。她非这样做不可，硬要拼命地孜孜不倦地寻找那些忧郁的面孔、阴沉的天空所隐藏的秘密。她把额头抵在窗户玻璃上，过了一会儿，她拿起里拉给的钱，出了门。

她朝哈里的公馆走去。自从嫁了人，有了行动自由以来，她就常来这些窗户下面走走，虽然她这是嘲弄自己，但在这种无用的寻踪里，她也找到了一种纯粹的、热烈的、然而有点卑贱的快乐。现在她寻找的不仅仅是哈里的身影、哈里的存在，而且是那些生活的光辉。他那种生活比她的生活美好、甜蜜，尤其更加人道，因为她现在觉得自己的生活有点不正常了。总之，她不止一次碰到哈里和劳伦斯在一起。她跟着他们走，听他们说话，注视他们，想象他们怎样恋爱。她猜出哈里和劳伦斯订婚了。她认为，一个法国姑娘如果没有答应嫁给一个男人，是不会单独和这个男人出门的。有时他们只是惊鸿一现，因为马上坐上哈里的汽车走了。不过，有时他们一直要走到街角。那里有家旧书店。他们进了书店。亚达透过玻璃注视他们。只见哈里拿起一本本精美的旧书摩挲。看着他褐色的双手在黄色或红色的封皮上轻轻移动，亚达感到一种真正的迷惑。几个星期前的一天，亚达看见他们在为一个珍本讨价还价，最后还是没有买走，而且亚达听见他们走出书店时劳伦斯说：

“我向你肯定，这是发疯……”

她多有理性啊……亚达心想。有理性多好啊！如此看来，这个外国姑娘一定会挑选自己的裙袍、客厅的家具、孩子的家庭女教师还有漂亮的餐巾桌布。她想象劳伦斯置办新娘嫁妆的情形：拿起被单搓一搓，看看料子细不细。不过今日，她亚达有能力满足一回哈里的心血来潮。亚达看见哈里不止一次把这本书拿在手里把玩，知道他早就想要这本书。这本书放在店铺最打眼的地方，要价……差不多就是里拉给的那个数目。亚达进了书店，要伙计把书拿过来，她好奇地看着。这就是他想要的那本书？也许他已经忘记了……可是她却要买下来送给他。除了里拉和咪咪太太，她从未给人送过礼物。即便是送给她们，也是在自己有能力的时候，而且送的都是三钱不值两钱的小玩意或者一小把花。送礼时她心里那份感受是多么美呀……送个礼物给本？可他既不喜欢漂亮衣服，也不喜欢精美食物，更不喜欢珍本书籍。本身上有个苦行僧。给他送礼物，几乎和在狼脖子上系条缎带一样怪异。可是哈里……她微笑起来；她的眼睛在放亮。她很清楚自己做的事情：没有半点疯狂或者算计。哈里爱恋、追求那个外国姑娘。他大概一心只想着那姑娘，整个心房装着的也是她。而现在亚达却在他们中间插了进去。他会对这份礼物感兴趣的（当然，她会把这本书送到他家，说是给他的，然后二话不说就走）。他会询问旧书商的。但他绝对猜不出真相。不过他可能不禁想到亚达，虽然并不认识她，就像长久以来她徒然想他一样。她会让他做个梦，发声叹息，生出一种欲望。除了这些，她也不可能做别的指望。

她进了哈里家，把书递给前来开门的仆人。她是这样激动，以至于说不出一句话：她担心嗓子颤抖，只是指了指包裹背面用铅笔写的地址。

“里面有信吗？”仆人问。

她不得不开口，不得不用清晰的声音说：

“没有，里面没有信。”

她有可能是低着头、浑身颤抖着小声说的。

仆人惊讶地望着她，关上门。亚达没戴手套，就把两手插进上衣口袋，忽然一下恐惧起来，赶紧跑下楼梯，一直跑得远远的，到了邻街才停步：在这里她感到安全了。

现在她嘲笑自己，粗暴地责备自己。她真是疯了。一个二十岁的妇人，竟还像个十二岁女孩一样行事。“可我不是个妇人，”她想，“有些人是没有年龄的。我就是这样的。我十二岁就是老太婆了，我心里早就是一头白发了，可今天我还是这个年纪。为什么要觉得羞耻呢？”

哈里爱恋的那个姑娘，那个法国女孩，她要是知道了，也会笑话的！突然，在亚达的内心，冒出一段狂烈的祈祷：

“上帝啊，您为什么不把他赐给我？他是为我创造的，是派给我的，而我也是派给他的……把他赐给我吧！我什么条件都答应：痛苦也好，羞耻也好，甚至放弃——哪天他厌倦我了，我就放了他——只要您把他赐给我！如果爱情没有结果，我就不可能爱得这么长久，如果您不愿意让我们结合，我就不可能爱得这么长久！上帝啊，把他赐给我吧……”

街道黯淡无光，空寂无人。没有人看见亚达流泪。

十九

哈里与劳伦斯结婚三年后，有一天去看母亲，哈里在街角的旧书店门前停下来。他看见那些精装的旧书中间，摆出两幅小画。两幅都是风景画。一幅画的是一条上坡的街道，街上的积雪已经开始融化，街道两边是低矮的小屋。在凄清怪异的铁灰或赭石的黄昏里，只看见一星红光（一扇窗户里面点着冒烟的油灯）。第二幅画的是一座春天的园子，气氛已经不那么肃杀，开始显出一片嫩绿，有花开始绽放，而蓝天上流云滚滚，分外生动。整个画面透溢出一种异国的温度与富足。哈里觉得似曾相识，便在记忆中搜索。哈里被一种又模糊又强烈的印象震撼，心想，这些景色肯定在哪儿见过，在梦里，或是在童年。这三月飘雪的阴沉天空，这短暂的溽暑曾经鲜花盛开，现在却处在半荒之中的花园。

他把手搭在眉头，似乎要遮住过于强烈的光线，因为回忆总是夹带着幸福与忧伤（只要是回忆而不是梦想，就总是这样）。他也不知为什么……这样一来，有些陌生面孔、陌生房屋就在记忆中浮现出来，唤醒一种忧伤而甜美的感觉，好像找到了昔日生活的物证。不，这不是梦想，而是一种遥远的，早就被舍弃的现实……现在，他又看到了它们，故乡三月的日子，那时，城市的天空上骤然下起了暴风雪，然而在室内，在双层窗玻璃的保护下，最早的风信子作为春天的报信者，却已经开始绽放。他在回忆中把那种花与生日蛋糕联系在一起，觉得现在还闻得到花香。他的生日是在三月。儿时，几乎每一年的那个生日，他都病了，或者，至少是家里人以为他病了。他咳嗽，家里人怕他患了百日咳；或者他没睡好，或者会发高烧。于是更加小心地照料他，让他待在家里，关在烧得暖暖的房间里。房间里虽然有很多玩具，但是他碰都不碰，只是忧郁地凝望着漫天飞舞的雪花。说来也怪，他还记得巧克力大蛋糕那浓烈的有点让人倒胃的气味。蛋糕上用糖浆写着哈里的名字。在天空那片灰蒙蒙的柔和的光亮里，突然出现了一个大圈子，一串人，其中有似曾相识的、有被忘记的：那是一些佣人、宠物、老师，还有他生着鹰钩鼻子、一双眼睛能看到人心里的祖父，和瘦小谦卑、从来过不惯家里奢华生活的祖母：他又见到她抱着小哈里坐在靠椅边沿，伸手梳理着孙子的头发，一边轻柔地说着一种听不懂的语言。只有她还在说意第绪语，大家都不情愿听她说话。

接着哈里把目光投向第二幅画。炎热的夏日，卖冰淇淋的小贩的铃铛，脚下践踏、手上搓揉的花，茂密的青草，盛开的鲜花；一股过于甜蜜的香气，扰乱心神催人入眠；光线太强，亮得蛮荒，有鸟在天空啁啾：他看出来了，这是他的故乡，他的过去。

他不由自主地走进书店。不过，出于一种无法解释的羞怯，他还没有要求看看那两幅画，只是顺手拿着一些书摩挲、翻阅、把玩。最后，他问道：

“你们现在也卖画了？”

“不，哈里先生，”书商回答，哈里读中学时书商就认识他了（从他十五岁开始，书商就渐渐地帮他建起了一个珍本图书室），“不过那两幅画的作者要我关照，把画摆在这儿展示。那是位年轻画家，我不认识。”过了一会，他又补上一句：“是个少妇。”

“哦！”哈里应了一声。

画家是男是女与他何干。

“我想看看这些画。”

书商马上将画递过去。哈里把画摆在一摞书上面，沉下心来，凝视那片阴沉的天空、那些低矮的似在禁受大风的破屋。当他把目光投到那座浴着金晖、暖意盎然的花园时，感到一种强烈而美妙的喜悦。北国的春天，人们从寒雾中走出来，从暴风雪的呻吟中走出来，由这里进入令人陶醉、欢悦的夏天……此情此景，他怎么可能忘记呢？

“画得不错。”他大声说，同时却强迫自己冷静。

“不是吗？是画得不错，尤其是当你想到，这是个不出二十岁的姑娘画的时候。不过我想你认识她，嗯？”

“我？不可能。”

“你看到她的姓名了？”

哈里还没想到这一点。他在画面一角辨认出了作者的签名：“亚达·希纳”。

“嗨，这就怪了。”他承认作者与他同姓。“你说，她是个二十岁的姑娘？她长得怎样？”

书商微微一笑：

“你真的不知道她是谁？”

“不知道？为什么你这样问？”

“因为……你记得吗，几年前，你结婚前一天，有个人悄悄地送你一本书？买书人就是这个少妇。”

“这不可能！”哈里惊得一退，叫着说。

“她把画送来时，我一眼就认出来了。一个褐皮肤的女子，长得很美，样子像外国人。”

“这些画放在你这儿多久了?”

“好几个月了。你从这里经过了不下二十次，从来没有望过它们一眼。我想这个女子再三恳求我同意将这些画摆在这里，就是希望你哪天注意到它们。我同意这样做，多少也是这样想的。再说，她说得那样恳切……我从没见过谁有这么大的说服力。你到最后不可能不答应。”

哈里皱皱眉头。他差不多猜出事情的真相了，尽管他并没有把亚达的形象与一个蹂躏犹太人的风雪天在他家出现的小女孩联系起来。不过他明白，这是个同胞，是个犹太女人，大概在巴黎孤独一人，举目无亲，想攀附有钱的希纳家的姓氏，把这当做最后的希望。一如所有的犹太人，由于犹太人特有的弱点，他比一个基督徒更容易感到气愤。这个固执劲，这种近乎粗暴的得到欲望之物的需要，这种对别人可能产生的看法不管不顾的盲目，都在他的脑子里归为一档，标签只有一个:“犹太人的强蛮”。

他根本不想见这位亚达·希纳。

他对书商说:

“我愿意买下这两幅油画，不过要请你出面交易，而且请不要说出我是买主。这个女子大概是我的一名远亲，我一点也不想认识她。不过我还是很喜欢这两幅画。请你问问她价钱。”

二十

哈里虽然不愿意认识亚达·希纳，但是不能禁止自己谈论她的油画，家里来了客人，也免不了要拿出来给他们看看。大家都喜欢它们，觉得它们既有一种怪异而粗犷的诗意，又很现实。劳伦斯宴客的时候，总有一些人问她，“陌生画家的油画”挂在哪儿。那两幅画，哈里把它们收在自家一间漂亮书房里，那里一扇窗户装饰成了一个花篮。从花篮里漏进来的光线照在画面上，显得特别柔和。

这样一来，亚达的名字就在一个阶层流传开来。在亚达贫穷和孤独的时候，这个阶层对于她来说，就像遥远的外星一样模糊。有一天，哈里和劳伦斯请一些朋友来家里吃饭，这些朋友说，无论如何，这个少妇一定还有一些别的作品可以拿出来，它们应该和这两幅一样有意思。他们提议，如果她住在巴黎，如果还活在世上，那就不妨去她的画室看看。他们想，对她来个不宣而至，出其不意地登门造访，让她眼里闪现幸运与荣耀之光，那一定非常有趣，不过他们差不多忘了寻思一下，她是否会满足他们在她身上寄予的希望。当然，他们并不是这样表达的：他们都是有教养的人，知书识礼，与人为善，充满了良好的意愿，只不过好奇心重了一点，想找些新的感觉。总之，他们喜爱艺术超出一切。他们中间有一个美国女人，脸蛋红扑扑的，头发却白了，总是说：“我没有音乐就无法生活。要是萨尔茨堡有乐队演奏《小夜曲》，我会不顾一切赶来听，就是孩子生病我也不会管。”不过她的话还真是起了作用。她无法知道孩子生病时她会干出什么，因为她只有几只狗。

也不知为什么，哈里试图打消他们的动议，可是他们的愿望是这样强烈，就像一群只盼着看到新节目的孩子，最终把主人也说服了。

“可是，哈里，你还如此喜欢这个女人的作品哩！”

“不。我觉得她既有才气又很笨拙。而且，她有粗野阴暗的一面……”

“可你喜欢的正是这点……”

他没有回答。怎样才能让他们明白，当他乍一看到这两幅油画的时候，身上怎样滚起一阵迷信的震颤？那种感受，就像走进从前熟悉的、热爱的人死后弃置的空房一样。可是说出来又有何益？最好还是顺从他们的意愿，于是他好意地回答：

“要是你们愿意，我也乐意去。”

男人们在劳伦斯家饱食佳肴，畅饮了陈年老酒，一个个红光满面，待女人们重施脂粉，打扮完毕，就朝亚达的住地进发。他们早在美叶街旧书店老板那里打听了地址。

他们登上没铺地毯的楼梯，在亚达家门口按了门铃。亚达来开了门。她显得极其年轻。他们想，差不多是个孩子。她穿着一条短裙，更给了他们极其年轻的印象。她的袍子有些年头了；几年穿下来，现在太短了，膝盖都露了出来。亚达一见到来了客人，马上想到这条裙子不得体，脸唰地一下就红了，眼睛噙满泪水。她倒退几步，显得很是不幸，又惊又疑。哈里看到了亚达低垂的眼帘下面射来的目光。那是一种迅疾的闪亮的目光，一碰到人马上就转开了，好像是向家里的四面墙壁求救似的。

“可怜的姑娘。”哈里心想。

他想让她放心，就温和地说：

“请原谅我们不请自来，这样闯进您的画室。不过我最近买下了您那两幅小油画，我和我的同伴都很喜欢。我们想把我们的喜悦告诉您。”

她向他们表示感谢。她的话不长，声音起初有点抖，到后来就相当沉稳了。亚达明显的激动触动了劳伦斯，她突然觉得亚达对她非常冷漠，甚至怀有敌意。这些外国人真有勇气！……虽然表面上显得粗鲁可笑。现在这个女人似乎一点也不紧张了。只有哈里看到她把手放到背后，免得叫大家看到她发抖的指头。亚达点点头，指着门口：

“进来吧。”

看到他们盯着室内简陋的家具，她的脸色又是一红。他们围聚在画架周围，这些杂糅着好奇心、善意、出风头和消遣、寻找刺激的愿望的情感让他们精神昂奋，围在亚达身边，啧啧有声地赞叹，就好像在动物园，围着一头关在笼子里的珍稀野兽。

“您多大年纪？”

“二十三。”

“这么年轻！……您怎么画得这样好呢？”

“我很努力。”亚达回答。

不过解释太简单了点，满足不了每个人心中都有的打探奇迹的需要。于是他们叫起来：

“不对！这是因为您画得这样真实，这样有才气，有力度！迷人的正是这一点！”

一个女人举着单柄眼镜打量亚达，小声嘀咕道：

“你们不觉得她身上有点儿陀思妥耶夫斯基的味道吗？”

"您是哈里·希纳的亲戚吗?"

亚达与哈里相视一笑。她分开围着她的圈子，朝哈里走过去，低声问:

"您是我的堂兄吧，哈里·希纳?"

"是的，我见过您，现在我想起来了，不过这就像做梦一样难解。"

"您还记得伊斯拉埃尔·希纳吗?在那边长期为您祖父采办供货的那个人?"

"想不起来了。"

"一个男孩和一个女孩，有一天在您家避难，记得吗?一个蹂躏犹太人的日子。"亚达说，犀利的目光朝周围一扫，声音压得更低了，好像被允许参加神秘仪式的人在人群里说出一句只有一个人明白的箴言。

"也记不起来了。"哈里说。

他平日冷静而厌倦的面孔突然变得那样热烈，那样专注，与从前的他是那样相像，以至于亚达完全忘记了自己的羞怯。

"真的，您回想回想?"

"是啊:一个小男孩，衣服撕破了，一个小女孩，眼睛美极了，额头上一线刘海，一头黑发没有梳……我怎么没有认出您来呢?这可以说是我童年印象最深、最受震撼的回忆，现在我还心痛，还梦见。是啊，我常常在梦里见到您。"哈里吃惊地望着亚达，嗫嚅说。

亚达想象他在那张法国式大床上，在睡着的妻子身边梦见她的情形，一种非同一般的幸福感涨满胸腔。

哈里微笑着补充一句:

“可是这种梦最后总是变成噩梦。您闯进来，拉着我的手，把我带到不知什么地方……”

他笑着，可是嘴角紧张得微微有些抽搐。

“您不会生气吧？”

“不会。可是，即便在梦里，我也没法害您。”

“那个小男孩，现在怎么样？”

“我嫁了他。”

“他有点丑……不过，那张脸也让人无法忘记。”

“您记得那边的天气，气候吗？”亚达突然问，“晚上河边的景色？您那个街区呢？那里街道两旁种满椴树，春天在街上走，头上是花，脚下也是花。还有灰尘，夏天的灰尘呢？”

“还有街上的叫卖声，地毯商的叫卖声。”哈里轻声说。

“一个鞑靼人，一家一家叫过来，是吗？”

“是啊。还有红头发的小孩子，还有走钢丝的，冬季来巡回演出，就在窗户搭棚子，对吧？”

“有个老疯子，原来是歌剧院的歌手，以为自己现在还在唱，就在身上披满铜箔，头上戴顶枯叶扎的桂冠，手舞足蹈，以为自己在表演，可是嘴里没有发出半点声音，是吗？”

“是啊。而且他冒着大雪，胡子被风吹得翘起来。要是孩子不听话，保姆就恐吓他：‘别哭了，再哭，我就叫疯子歌手来。’”

“几年前您送我一件礼物，这是为什么？”哈里突然问，既不是调情也不是唐突，而是带着一丝奇怪的不安，“为什么要干这种傻事？”

“我不知道，需要呗。”

“多傻呀！”哈里又说一句。

这一次，她不自寻烦恼了。她望着哈里，神情忧郁，似有心事。

“您不知道您对我是多么重要。”

“可是，这……那边……事情过去好久了……”

“是啊，可是那边……那边发生的事情，也许比您认为的，比其余的一切，比您在这边的生活、您的婚姻都重要得多。我们是在那边出生的，我们的根在那边……”

“您是想说：在俄罗斯？”

“不是。更远……更深……”

“这不是地球上的某个地方，某种气候，”哈里喃喃说道，“而是爱的一种特别方式，表达愿望的一种特别方式……”

“您在世界上最大的愿望是什么？”

“我娶的姑娘。您呢？”

“您清楚。”

“您要是这么想得到他，跟我当初想得到劳伦斯一样无奈，那么，我就觉得您值得同情。”

“无奈？为什么？您不是得到她了吗？”

“是得到了，”他不无辛酸地说，“就像得到水中月，镜中花，一个影子，一个映像，抓不着，闻不……”

他忽然打住：

“别听我胡说。我就是要做办不到的事。事实是我现在很幸福。”

有人走了过来。他匆匆说：

“我愿意帮您，想再见您……我能帮您什么忙？”

“什么也不用帮，是啊，什么也不用帮，”亚达突然说，“那两幅小画在您那儿，我就高兴了。”

“那个小男孩，就是您丈夫也不需要帮忙吗？”

她摇摇头。

“不用，什么也不用。”

大家围了过来。她没有再说一句话，离开了他。

二十一

哈里夫妇的孩子有二十个月了。夫妻俩从亚达那里一回到家，劳伦斯就去看孩子，把他抱在怀里，来到哈里身边。这时要吃晚饭了，孩子也该上床睡了。他一桩接一桩，把该做的事情都做了：看着孩子在地毯上翻筋斗，给他唱支歌，又让他骑在自己肩膀上四处走动，还假装与他拳击，最后，等孩子玩得高高兴兴，兴奋得两边脸蛋发红，头发鬈得缩起来，乱作一团，才把他交到瑞士保姆手里。

哈里回到书房。劳伦斯把小桌子，连同烟灰缸、翻开的书、一只赫雷斯白葡萄酒搬到扶手椅旁边，打开电灯。“她做这些真是利落，”哈里又一次想道，“谁都不会像她这样善于插花、安排灯光、选用灯罩。”新婚之初，哈里认为看着妻子来来去去，忙一些最平凡的事情，永远不会厌倦。秘密订婚期间，他最常想象的，最愿意想象的，就是在她对面吃饭，静静地凝视她那张被灯光照亮的面孔，就是与她并肩散步。这一切都如愿以偿了吗？大概，他算不得薄情郎，不会对劳伦斯忘恩负义。他最希望的事情，就是让劳伦斯幸福、开心。要说幸福，劳伦斯确实幸福……有时甚至太容易开心了：一条漂亮毛巾、一束鲜花、一件出乎意料的礼物就满足了……一方面，他对劳伦斯这样容易满足表示感激，另一方面，又不安、怀疑。他不相信她真这样容易满足。婚后头几个月，他不断地问她，那个固执劲真会把劳伦斯惹恼（幸好她比哈里明智，就是不发火）：“你真的开心吗？这一切如愿吗？”兴许劳伦斯还不了解这种难以满足的幸福渴望？

亲爱的劳伦斯……当劳伦斯拿着他下意识寻找的裁纸刀朝他走过来的时候，他一把握住她的手（他甚至不知道自己在寻找裁纸刀）。

“我需要什么，你都比我先知道。”他说。

她粲然一笑。

“我时时都在看着你。海员根据云的形状就能预见会下大雨还是不下雨。我也像水手一样，能够读你的表情。”

哈里想，她这么善良、用心，这么温娴平和，真是世上最好的女人。他为什么想不出别的话，用更深情更平和的语气跟她说话呢？

“我的好劳伦斯啊……”

他是这样爱她！可是她一下就闪开了，像是嘲弄他，又像是害羞……啊！一个太甜蜜的嘲弄，不过，最终……“你这种东方人的爱，野蛮人的爱……”她说。有时，你来到法国花园里，看到绚丽的玫瑰，手伸得太急太贪，也会被玫瑰刺儿扎伤的。可是他又没有办法，只能痴迷地、疯狂地、不顾一切地爱，要不，就……中止爱。他们并排坐着，没有说话。

“那女人做的事情，看来很让你高兴？”她低头窝火，一边缓缓地抚弄碧玉项链，一边问，“我们进去时，你见到画架上那幅画了吗？那片低垂的云层，那些在雪地跟在一辆拉着棺木的雪橇后面行走，脸颊上悬挂耳环的怪人？”

“一个犹太人的葬礼。”哈里说。

“你不觉得不吉利、不祥和吗？再说，那又不是什么新东西。那些灰的褐的色调，那种银白色的线条，看过都不止一百次了。”

“可是你不可能知道这画画得多好、多像，”哈里说，激动地朝她低下头，“你明白吗，不能用绘画鉴赏者的眼光去看。她的技巧是不行，可是她的表现方式深深地打动了我，让我忘记了画作的存在，找到了自我。这大概就是她画的目的。通过迂回的怪异的道路，我找到了自我……”

他不作声了。

“然而，”他伸手抚摸劳伦斯的头发，“我从没见过这样的场面。我属于一个有特权的阶层。我们这个阶层死了人，葬礼的排场要大一些。再说，家里人都宠我，不吉利不快乐的事情都不让我看见。我想，我小时候从没见过死人，甚至死动物都没见过。要是有送葬的队伍从门前街上经过，家庭女教师就接到指令，想方设法转移我的注意力。尽管家里人费尽心思不让我看到那种哀伤场面，我却只要闭上眼睛就能在心里感觉到。”

他想：

“我在心里也感觉到她……”

他深情地低声说：

“是的，劳伦斯，即便没有见到，我也清清楚楚地知道，连它的细节，尤其是它让人无法忘记的本质。因为没有风，细小的雪花就稀稀落落地直落下来，那大概是秋天的第一场雪。雪花落到水洼里、烂泥里，马上就化了……那具棺材，你注意到了吗，它是放在雪橇上的？放得不稳，歪歪斜斜的……人家没有把它放正；就是把它当做一件无用之物随便扔在上面的，就像扔块石头……跟在后面的人，踏着深深的辙印，他们的面孔你注意了吗？对死者的冷漠，因为再流眼泪也不可能把死人哭活，对永恒的生命不抱任何希望，同时，他们脸上又显出一种渴望，一种痴迷……前面，一个孩子，黑色的大眼睛占去半边脸，一双腿却又细又小；那样的犹太小孩，我见过多少哇！……就是我自己，虽然身子洗得干净一点，衣服穿得好一些，却还是个像他那样的小犹太人。”

劳伦斯微笑着望着他。

“可怜的哈里，你在胡说哩……我看过你的照片，我向你保证，你根本不像亚达·希纳女士的那些人物。你从前是个漂亮的小男孩，长着一头漂亮的发鬈。你看上去身体很好，也活得很快乐，你怀里搂着一只大波斯猫。”

他们有一阵子都没有说话。

“作为女人，”哈里仍旧在下意识地抚摸劳伦斯的头发，一边问，“作为女人，你喜欢她吗？”

她迟疑不决，一方面对亚达有一种本能的憎恨，一方面又想做得公正，于是想出一句恰当的话：

“很难把她当做一个女人来谈论……”

“是啊，你说对了，正是这话，”哈里突然叫起来，“我寻思她的品质与别人不同：她一点也不像女人……还像个孩子……而你呢，亲爱的劳伦斯，要是明天把你扔在一座荒岛，最初的慌乱过去之后，你就会去捡羽毛、贝壳来打扮自己。如果我与你在一起，那你就是为我打扮，如果我不在了，你就是为纪念我打扮。”

“那当然，”劳伦斯说，“好在那些姑娘，那些外国女人不会打扮，没有意识，也没有心情。”

“亲爱的，你是这样认为吗？”

“至于野心嘛，是的，倒是有一点，”劳伦斯继续往下说，带着一种特别的兴奋语气，“她表面谦卑，骨子里却一股傲气，我觉得很可恶。”

哈里轻轻地推开她，摸了一根烟，专心地点燃。

“我认为她的谦卑绝不是装出来的，”他终于说道，“主要是缺乏自信，也不相信别人。”

“为什么不相信别人？我们把她当做同等人来接待，来对待。为什么还信不过我们？这不公平。”

“不要忘记她特别的生活条件……那种贫穷和孤独，以及才气总是使人产生的一种意识：不在别人之上，至少也要远离别人。可惜人一不幸，就拢不住才气。所以我想帮一帮她，劳伦斯。得让人认识她。哪天晚上，我们为她请几个朋友。”

“在这里？”她望着哈里问道。

“当然，在这里。”

她没有马上回答。她从座位上起身，走到壁炉边，伸出手去烤火。

“不行，哈里。”

“为什么？”

“从某个方面说，我不愿意帮助这位姑娘。我无法保证她的人品，因为我不了解她。”

“你这样一说，好像我是要把一个流浪女领进富人家似的，好像她会把富人家的银器偷走似的！”哈里生气了，咆哮起来。

劳伦斯冷冷地望着他。

“哈里，别冲动！”

“你还说她不相信人！你自己不相信别人，不公正！为什么对这些人怀有偏见，把他们当贼对待？”

“因为我不了解他们。我是不会让生人进屋的，明白吗？你买了她的画，又谈论她，那你就去介绍人认识她好了。这足够了。”

“你这是施舍，不过是扔在门口的施舍，扔在打蜡房间门槛外的施舍，就像你那些农民家一样。”哈里说。

“是啊。主要的问题不在于谨慎，而在于尊严，你不是这样理解吗？我不喜欢这种低下的好奇心。你过去厌恶它，今天我也厌恶！我只接待能够以朋友相待的人，而不接待稀奇动物一样的人。”

哈里站起来，在房间里踱了几步。

“劳伦斯，”他走到她身边，终于说，“求求你，不要拒绝我。我曾经对不住这个姑娘……”

“你想说什么？你不了解她。”

“我了解她，我见过她，有一次……在祖国，在‘我们的家乡’……不过，劳伦斯，不要让我做解释。你不可能理解，你也不必理解。相信我。同意我在家里接待她，欢迎她……这很重要，劳伦斯。”

“这是心血来潮。”

“这么说，你不肯？”哈里吼道。

“我不喜欢她。她身上没有一处讨我喜欢。对不起，哈里，你自己说过好多次：犹太人特有的那股既高傲又卑贱的味道……”

她打住了。但跟着又说：

“我说着玩的。”

哈里没有回答。不过他的面孔一下变得煞白，脸也拉长了，两片嘴唇直颤抖。

“哈里，我不喜欢神经质的男人，”劳伦斯说，语气中有点冷酷的意味，不过自己没有意识到，“我原来觉得你的自制力较强……”

“而你呢，也更能包容……”

“有时你有点儿歇斯底里，这……确实不讨人喜欢。我经常注意到这一点。”

哈里不做声了。他的自尊心受了伤，气得发抖。他咬牙切齿，面部表情如此怪异，以至于劳伦斯觉得他的仇恨就像劈面给她的一拳，于是她立即做出自卫反应：

“我曾在儿子身上发现了这点，只是不知道原来是你传的。”

的确，孩子突然爆发的哭闹、极度的快乐和气愤，都表现出性格的喜怒无常。两口子常常为此担忧。劳伦斯凭着女性可靠的本能，选择了对哈里最有杀伤力的一招。不过，当人猛一下挡开朝你刺过来的致命一击的时候，也有可能将剑头引向另一个同样重要、同样珍贵的要害，因此无论如何也要岔开话题，于是哈里叫起来：

“你是嫉妒吧？如果是，你就说出来！这可能更好些！也更合乎你的身份！”

“嫉妒？嫉妒那个丑女人，那个寒碜的女人？”

“我不觉得她丑。”哈里慢声慢气地说，假装天真。

“要是你喜欢那样的女人，那我绝不会与她们竞争！”

“可你还是嫉妒！”

“不是！不是！就不是！”

“你知道，”他突然感慨道，“她从童年起就喜欢我吗？‘我们的童年’，在‘我们的国家’。你记得结婚前我收到的那本书吗？我们一直不知道是谁寄来的那本？你知道吗，那是她送的！因为她想用这种办法来占据我的思想，把我的思想从你身上转走，哪怕只是一时半刻！”

“那事要真是她做的，那她就疯了。你要真的欣赏她赞成她这么做，那你也和她一样疯。”

“我欣赏她赞成她这么做！我喜欢你的时候，要有同样的机会，也会这样做！”

两人面色苍白，浑身发抖，都不说话了。

“既然你不同意在家里接待她，”哈里上气不接下气地说（气愤之下他的脸拉得更长，发青的面颊更加瘦削，仿佛陷了进去），“我就让母亲来给她举行一次招待会。参不参加随你！”

“她是有丈夫的人了。你请不请她丈夫？”

“为什么不请？”

“可是那丈夫的情况，你可能什么也不知道！你既不知道他的出身，也不知道他现在的身份！你是想和一个陌生人、一个冒险客来往？”

“你难道不明白，正是你的态度才使我把那个陌生人、那个冒险客当兄弟看待？”

“而把我，你妻子，当做外人，是吧？当心点，”她越说越气愤，“我们现在的问题，远远超出了接待那个女人的事情。我们面临的是更深的分歧，是更严重的不和！”

“哦！你是这样认为？”

她痛苦地爆发了：

“我尽管做出种种努力，想方设法理解你，可我从没明白你是怎么想的，你希望干什么？这话是你说的，不是吗？我一直还以为你很幸福。”

“我从没幸福过！一个钟头，一分钟也没幸福过！”

哈里想压住声音，可是他的声音还是变得高亢尖利。他的眼睛射出愤怒的光芒。他双手掩面，跑了出去。

二十二

亚达急急忙忙地穿衣。她的袍子是黑色的，式样简单。好在这一年女人的所有袍子都像衬衣……她花费高价，买了一条假领、一副上等细麻布活袖、一双丝袜。穿上这套行头，真是舒适惬意！她久久地打量自己的鞋子，鞋跟还算直，可是府绸鞋边已经磨破了：因为这双鞋本是里拉的。八天来，亚达没有碰一下画笔，为的就是裁剪缝缀袍子。无论如何，在赖莎伯母那里学的手艺还是派上了用场……袍子还是说得过去了。她给自己配了顶深色的小毡帽，虽然有点男帽的意味，却很好地衬出了脸蛋。最大的问题是外套，她的外套穿旧了，不过她倒并不担心，因为在俄罗斯，出门访客，外套肯定要留在衣帽间的。本站在妻子身边，一副嘲讽神情，一声不吭地打量着她。

"行了。"他说。

她转过头来。本的在场扰乱了她的兴致，把她从美梦中惊醒。自从接到哈里的邀请，她就沉浸在这个梦中。就像倒着放一部电影，她在梦中回到了从前她的真实生活中断的那一刻，虽然表面看上去不像，那却是她唯一过过的真实生活：她由咪咪太太牵着，走进那间用鲜花与法国小旗装饰的客厅，迎着哈里走过去的一刻。现在她删除了一些年头。她亚达，应邀来到希纳家。他们家为她专门举行一个招待会，把她介绍给巴黎的上流社会。当然，她从不可能做这样的美梦。不过她心里自动把过去与现在，把梦境与现实混在一起。说来也巧，她觉得这一天与那一天也很像，一样云垂风止的天空，一样的下雪之前的凄冷空气。她和本并排行走，她望着本，寻思他会怎么想，可是猜不出他的心思。怪异而又不可琢磨的本啊！在街上，在到达希纳家的公馆之前，她以半挑衅半恳求的语气说：

“你不会向他们提什么要求吧，本？”

本微微一笑：

“你是多么怕我啊！”

“你憎恶他们！”

“我一直在想应该爱他们还是恨他们。其实只要他们能够帮我，这就够了。”

“可正是这点我不愿意！”

“真的吗？可这是为什么呢，我的小姑娘？你想对他们说什么呢？难道我干了什么坏事？我尽自己的能力，养活自己，养活我们。我又不杀人，又不偷东西。为什么要阻止我像从前那样，要求他们帮助和保护？”

“你要他们怎样帮你？”

“你的哈里可以帮我……把我介绍给他几个伯伯……”

“他不会愿意。”

“你认为？为什么？我又不向他们讨年金，只是要他们雇用我，给我一个职位，一个小小的职位。我跟你说，亚达，他们会答应的。”

“接受你个鬼。”亚达生气又同情地嘀咕。

“不，我了解那些人。他们虽然成了欧洲人，文明人，照你所说的那样，对像他们一样艰难创业、打拼的人，心里其实还保留了一份同情。因为说到底，希纳家虽然有赛马，有著名的收藏，他们的父辈小时候也就是我这样的顽皮孩子，挨饿，挨打，受欺侮，这就使人与他们有了共同关系，不是因为种族，也不是因为血缘，而是因为流出的眼泪。你明白吗？为什么你不肯让我去碰碰运气，亚达？……在这尘世你让我除了金钱，还指望什么？指望我已经失去的你吗？”

“你说什么？”

“你爱那个可恶的小子。”

亚达心里充满深深的怜悯。她望着本不慌不忙地说：

“本呐，你是知道的，我从来没有爱过你。可是你不仅是我丈夫，还算得上我的兄弟。求求你，不要卷进那些富人的生活。至于我，如果需要，我可以和你一起走，我不再见哈里。见他又有什么用？他已经娶了别人。这是一场梦，儿时干的一件傻事。走吧，我们回家。”

“不行！”本耸耸肩膀，阴阴地说，“从童年起，我们三个的命运就搅在一起了，谁也无法改变。”

“你不想放过这个发财的机会。”她带着苦涩的悔意说。

他咬紧牙关挤出这些话：

“我不能……放过……手到擒来的机会……我就是这样……怪不得我……”

希纳公馆到了。他们伫立在那儿，心怦怦直跳。需要多大的勇气，才能跨入拱门，走进公馆，并且不发怵地直视前来开门的仆人啊！

亚达看见一些穿着貂皮大衣的女人走进客厅，赶紧脱下外套跟进去。

希纳老夫人握住她的手，大声说：

“我想，我们是亲戚吧！”

赖莎伯母一直以这种亲戚关系为荣，要是她亲耳听见有人当着大家的面这样说，那该多好啊！亚达小声道：

“是的，夫人，我认为我们是远亲。”

“可是您孤身一人，在这个大都市生活，却从来没想到来找我们！为什么？”

“我也不清楚。确实没有想到，夫人。”

“不过您今天来了，事情也就过去了。这是一些欣赏您的人，想认识认识您。”

这么多好奇的面孔！这么多微笑！这么多朋友！现在，哈里总算朝她走过来了。他发现亚达有些厌倦、为难，而且几乎要流泪了，于是挽起她的手臂，领她穿过餐厅。一个夏日的傍晚，在独自流落街头的时候，她曾经观看这里举行的舞会，在闪闪发光的影子中依稀看到这间餐厅。她经常努力想象客厅的情形，可是想象不出来。哈里把她领进一间无人的小客厅。

“您就在这里坐一坐，不急不忙地喝杯香槟，看着这些人，不必跟他们说话，也不必向他们微笑，就像在戏院一样，行吗？”

“我已经像看节目一样看过他们。”

“什么时候？”

她就把那次经历说了。

哈里平静地指出：

“可怜的姑娘，您从不曾幸福过。”

那种平静，在他可是非同寻常的。

亚达扫了他一眼，那股嘲笑意味，几乎让他不知所措：

“您也一样。”

“这话怎么讲呢？”

“我虽然不幸福，但还是自由的。我如果高兴，可以干一整天，或者什么事也不做，睡一整天，不会有人操心我的事，也不会有人来问我是不是病了。我可以沿着塞纳河走一下午，看河水的颜色。我知道，巴黎没一个人会想知道我是死是活，夜里回没回家。”

“您认为这是一种幸福？”哈里好奇地问。

“无论如何，这是我所知道的唯一幸福，也是我能够介绍给别人的唯一幸福。”

“您丈夫呢？”

“他是终日忙碌，到处奔波。有时好几个月我都不知道他在干什么，也不知道他在什么地方。纵然如此，他却还是我唯一的朋友。”

“您现在多了一个朋友了。”他低声说，碰碰她的手。

亚达的一番话使他深受感动。与劳伦斯在一起，他总是紧张地听她说出的每句话，想象她没有说出的是什么意思。在这里，甚至话语都是没有意义的：声音的变化、目光的强弱，都透露了她心底的想法。

本在敞开的门外走过来又走过去。在这群引人注目的宾客中间，他就像在站台上一样粗鲁地行走，他短发鬈曲，眼睛晶亮，脸色发青，面盘尖瘦，这些，使他既显得怪异，又给人以强烈印象。

他一认出哈里，就朝这位少爷走过来。亚达走开了，回到客厅里。有人跟她说话，她怯生生地回答，两只眼睛却始终不离本和哈里。过了一会儿，她看见一个面色发黄的老头朝他们走过去。老头长着一只勾鼻子，两只黑黑的大眼睛。亚达心想，这大约是哈里的某个伯伯。这样看来，本再次以自己的热情、苦功和蛮劲，得到了想要的东西。

“我也是一样。”亚达心想。她再次望了望周围的人和物，显得好奇和吃惊。厅里的女人个个美艳如花，引人注目，男人们则温文尔雅，嗓音清亮而轻柔。不过，纵然如此，希纳家这场招待会与那天偷窥的舞会之间，还是隔有一段距离，那就是现实与梦想的差别。

亚达发现哈里又来到她身边。

他问：

“这场招待会，您高兴吗？”

“高兴，”她回答，“只不过……那天在下面看到的舞会，还要好些！”

二十三

本从布鲁塞尔回来。宗教节日前夕。火车上挤满了从法国北部朝圣归来的信男信女和孩子。几个钟头的路程，本一直待在走道上，拿一只不属于他的箱子当坐凳，摇摇晃晃地睡着了。车厢每晃动一下，他的头就要撞一撞钢铁的厢壁。他不觉得疲劳，恐惧、饥饿和失望也对他不起任何作用，或者不如说，它们对他的刺激是如此之大，以至于让他忘了虚弱的身体。有些过度的感觉似乎使他进入非我的领域，赋予他一种超人的活力和韧性。

快到巴黎的时候，他醒来了。好奇而又不屑地看看两边车厢里的男人。他们动作迟缓，行动笨拙！他们拖家带口，老婆孩子，行李包裹！即使是一些没有职业，像他迄今为止所干的那样，从一座城市流落到另一座城市的人——旅行推销员、流动商贩、巡演的戏子——也显得目瞪口呆、不知所措、行动不便；而他却觉得没有什么关系，平时与今日一样；每个地方都有每个地方的价值；进哪个地方无所谓，出哪个地方也不在乎。从童年开始，不论什么机会，大家都让他明白或者感觉到他不属于任何地方，也不属于任何人。哦！他们到达目的地了。（本总是想着其他人，管他们叫“他们”，不把他们看做敌人，也不把他们看做友人，只把他们看做不可理喻的人。）是啊，他们到了，现在他彻底自由，没有任何羁绊了。漂泊无定，了无牵挂，多好啊，因为他身上的占有心要是苏醒了，就不会那么容易压下去，也不会那么容易被忘记。

别的乘客还在找票，呼唤孩子，招呼朋友，给狗拴上颈套，他就在车厢里站着，并且站了好一阵子了。他出门旅行从不带箱子。拿套旧睡衣，用报纸包块肥皂，塞到衣服口袋里就行了，别的就不需要了。这样，他就总是第一个赶到客户那里，总是准备从竞争对手那里抢走生意。而随后赶来的对手们却总是抱怨。这多不公平啊！其实他们只要学他的样就行了！难道他像法国人一样浪费时间，在老婆怀里温柔纤绻，在床上喝牛奶咖啡享受，抚弄小猫咪逗乐，旋着收音机选节目消遣，或者从中午十二点到下午两点，缓慢而体面地吃着早就想吃的美餐了吗？他并不是厌恶这种习俗、做派！恰恰相反。他只是不理解、不习惯这样做。他需要赶时间，尽快实现一个愿望，要超过所有竞争者，因为他知道，如果被别人打败，他就只有死路一条。有谁会关心他这个小人物的命运呢？谁会把倒在尘土里的本扶起来呢？谁会给他包扎伤口呢？只有亚达……纵使这样，她也不是出于爱情，只是出于同情心，只是出于连带关系，因为没有人爱他。至于别人……现在，说不定一切都会改变？他正走在一条发财致富的路上：有钱的希纳家对他感兴趣。啊！在谨慎的不连累自己的条件下对他高看一眼……不过人家是否尊重他，他并不在乎。他去所罗门府上揽生意时，那老头甚至都不请他坐，再怎么说他们也是亲戚嘛，可他也觉得无所谓。只要人家不时地扔块骨头给他啃，他就心满意足，不再有别的奢求了。他拼命地干活，因为他知道，两个老头子在关注他。在认识他们之前他就感觉到了。他们虽然年纪大了，精力不济，舒适奢华的生活过久了，身子骨也不硬朗，不过记忆力还是有的，想得起自己的出身，而本的热情和干劲也迎合了他们很久以前的某种喜好。他们也许意识不到了，但是这种喜好比他们的枯老骨架更有生命力。是啊！跑到遥远的地方，进入一些人家，了解其成员和秘密！……比起讨厌的哈里来，本这个小子不是更有资格来继承他们的衣钵吗？

本轻声自语：

“慢点，慢点……”

这样，他就可以通过颈套，拉住一只躁动不安的牲畜。不过，急于成功的渴望，这种迫切的心情有其长处也有其弱点。他在内心已经把自己看做圣人中的圣人，看做伊萨克和所罗门之后的英雄，看做坐在哈里位子上的银行主人！到了那个位置，能做多少大生意！……能干多少漂亮事情！世界会因之完全改观。不过，在一个摇摇欲坠的世界上小心谨慎地积聚财富，为了赢得大家的尊敬、感受外部的虚荣而牺牲一切有什么益处？……现在他本需要的，希望的，是猛然而大胆地做他几笔，一夜之间赚个几百万，然后再赌他几把！……当然不是诈骗，不是！而是生意。盯着亚洲欧洲那些混乱的国家……把钱借给他们，从他们手里拿矿山、油井，修铁路，办公司。人就是这样发起来的！……在这个摇摇晃晃、身子不是碰到这边就是那边的三等车厢里，在郊外的冷清小站上，本开始构架他的大生意，想象他的金融操作，就像一个艺术家，用其全部作品来构建一个世界。车厢里烟气弥漫，吵吵嚷嚷，外面则下着冬天的夜雨。只有他一人知道自己能够干出多么伟大的事业，知道自己的价值。他见了那么多世面，认识了那么多人；他的阅历经验完全抵得上一个老人。种族的特点在他身上也许起了作用：也许他和所有犹太人一样，隐隐地而且令人害怕地觉得自己背负了比其他人悠久得多的历史。别人需要学习的地方，他只要回忆就行了。至少他这样认为。

巴黎终于到了！他跳下车厢。车站人山人海。他抢在别人之前出了站。因为他善于钻进排得紧紧的队列，善于在障碍里寻找最薄弱的地方，并且使其让步；善于本能地计算出最短的路线。他戴顶旧帽子，披件破风衣。浓密的黑发翻着小波，覆在额前。他的面孔不讨人喜欢：这点，他一直是清楚的。倒不是丑陋，而是脸太窄，五官紧密地叠在一起，似乎没有足够的地方。红棕色的眉毛细细弯弯的，直接接上了鼻子，夹紧的鼻孔翕动着，紧挨着上面的嘴唇。下颌和嘴巴的位置小得令人难以置信，牙齿倒还细密，就是几乎重叠在一起。这张面孔从不曾消停过，总是颤抖不停，像一片活水的表面。他一开口，每句话总要显出十种表情，每种表情都会做到极致：不论是气愤、高兴，还是好奇、不安，他的面孔都不打丝毫埋伏，让它们纤毫毕现。别人表露情感是长波大浪，有起有落，他却是短波小浪，连绵不断，这就使得他的面孔成了永久冲突之地，千百道波浪在其中你催我顶。他不得不停了片刻：刚才他穿过马路，进了一个地铁站。可是地铁的小门刚刚在他前面关上了。他觉得这个凝固的时刻是个折磨。他咬着指甲，脸一会儿红，一会儿白。他把帽子脱了，拿在手上搓揉。这时下一趟地铁到了，他把帽子戴回头上，朝二等车冲去，好像是死是活就在此一举。

他的嘴巴翕动着，却没有发声，灵活的指头敲着膝头，或者地铁的黑玻璃。他跳到站台上。到了。看看时间，午夜已过。他走进家，开了房门，唤道："亚达！"没有回应，但是画室的长沙发上有个躺着的人影。人影支起身子，费力地坐着。他认出是咪咪太太。她理了个蝴蝶式的发型，头发全白了。

"亚达在哪儿？"

咪咪太太害羞地把腿上的丝质浴巾拉拢。她穿着睡衣，睡觉时就在身上搭上这条浴巾。就是给她一个帝国，她也绝不会显出衣冠不整的样子。她的发型也经过优雅的整理，用橙色的丝带扎着。

“我的好小伙子，你吓了我一跳。”她叹息道，目光有些犹疑，又有些敏锐，停在本的面孔上。似乎有话要说，但要先看看对方的脸色。虽说上了年纪，她的眼睛有些黯然，但有时还是犀利得咄咄逼人。

“现在您睡在这里？”

“是啊。你不会觉得不便吧？亚达独自一人……”

“她在哪儿？”

咪咪太太站起来，走过去开了灯。

“吃过晚饭了吗？没有什么大事，我只是怕……”

“我问您，亚达在哪儿？”

“去音乐会了，孩子。”

他没有再问“和谁”，只是把帽子往一把椅子上一掼，一屁股坐下去。

咪咪太太又问一声：

“吃过晚饭了吗？”

“吃了块三明治，一杯啤酒。”

“唉！你啊，还是老样子……被魔鬼追着不放！我给你热碗汤吧。”

“好，不，我不饿……您要愿意……”他嘟哝着说。

咪咪太太走了出去。本这时才发现房间里充满玫瑰香气。扭头一望，是啊，那里摆着一束鲜玫瑰。他从未见过如此娇艳的花儿。花束上应该有送花人的名片，但他没有找着，脸上便掠过一种凶残而痛苦的嘲弄表情。这种伤人的嘲弄是冲他本人来的，没有人比他更精于此道。它与他的自尊、傲气搅合在一起。才片刻工夫，他就在内心射出千百支有毒的利箭，它们将把他的身子射穿千百个窟窿。他走近花束，畏怯地触碰一下：它们委实迷人。香气沁人心脾！……他低下头，把仍然滚汤的面颊贴近花瓣，感到紧实的小花苞擦着皮肤，舒服地吐出一口长气。咪咪太太托着一个托盘刚刚进来，叫道：

"本呐，别碰花。"

本离开一步，阴阴地恨恨地看着咪咪太太，像个挨打的孩子。他低声埋怨道：

"说了我不饿……"

"那么，上床睡觉。"

他不回答，又坐下了。

咪咪太太端起他没有碰过的汤，小口喝起来，不时从碗上迅速地扫他一眼，目光就和梭镖一样尖利。

"美丽的花儿，不是吗？从前，我更喜欢大红玫瑰。从前，亲王……可是我要说什么来着？这种事都过去了，早过去了，被人忘却了……啊，那些玫瑰园到哪里去了？我曾在那里面采摘玫瑰装点衣服。喏，在戛纳，我用这样的玫瑰来插头发……是啊，用花打仗，还把花儿缀在阳伞上，挂在马耳朵上……你要干什么，打算坐在我对面，整夜都不动吗？"

"您睡吧！"

"在一个年轻男人面前睡觉？走吧！把扑克牌拿给我。"

他无意识地洗了牌，拢好，两人默不作声地玩了一会儿，她终于开口问道：

“你嫉妒了？”

他不回答。

“我相信你是不会这样没出息的，本呐……”

“她现在想干什么？您知道？离开我？”

他轻轻地说，没有望咪咪太太；他显得很平静，不过大颗大颗的汗珠从脸上滚下来；他用手背将汗水抹去。

“闷死我了。”他忽然说，把牌一扔。

狭小的房间里确实十分闷热。大概整天没有开窗透气，暖气又开得太大。这就说明，亚达昨天没有在家待一个钟头，因为她在烧暖的房间里待不习惯。

“咪咪太太，她想离开我？”

“她没有跟我说过你。”

“这么说她达到目的了。”他低声说，十分辛酸。

咪咪太太把双手交抱在胸前，就像一个怒气冲冲的看相算命的老太婆，声音低沉缓慢，与平时尖锐而又匆急的声音大相径庭，听来让人吃惊：就像一些鸽子的声音突然变得低沉嘶哑一样。

“唉！你们两个都一样！……在一道紧闭的门前都不冷静，不会想法用巧计或用强力打开门，深入上帝不许你们进的地方。你们不是忍着，等待良机，就是大声擂门，直到有人开门为止……你从来就是这样，本呐。你妻子也像你。你就是这样得到她的，她也是这样……”

本闭上眼睛。老太婆的声音在他耳里，像是从很远的地方传来的嗡嗡声。他从未有过这样的感觉。他再次低声问道：

“她要离开我？”

“听我说，”咪咪太太朝他弯下身子，用鸟爪般干瘦的手握住他的手，“你一直就知道的，她并不爱你。亚达这个姑娘并不适合你：她是某个……”

“我也一样，”他带有一丝骄傲说，“再给我几年时间，我就能成为许多人和物的主宰。现在有些人把我当做他们鞋底的烂泥，以后都得管我叫老爷。”

“她不爱你。”

“她像石头一样冷漠。”本小声说。

“不，本。”

“只要她愿意……留下来……我不再求别的……我让她……与哈里生活……文明人的习俗也有一些好处，”他声音里有一丝痛苦的嘲讽意味，“受不了的是……失去她。她一直与我在一起。您也知道，您……我们先是睡一间房。我一醒过来，就看着她的黑头发……我们一起在下城的街上溜达……我从没有真正感觉不幸，或者被人抛弃，因为我知道她与我在一起。她不能离开我。”

“别出声，”咪咪太太说，“他们回来了。”

二十四

亚达与哈里走进屋内。两人高声说话、爽朗大笑。本听到这种笑声，既觉得气恼，又觉得惊愕：从亚达嘴里发出的这种声音，他是那样难得听到。与他在一起的时候，她总是一声不吭，不愿见人，终日沉浸在幻想之中。现在，她总算回到了人间。本望着亚达，心想。她仍然穿得十分简朴，简直可以说寒伧。不过她好像快活多了，更年轻，更有女人味，脸上好像被一道强烈而又温柔的光辉照亮，可是她一见到本，脸色马上黯淡下来。

两个男人无声地打量着对方。

"我现在回家了，"本说，"请你离开。"

哈里搂着亚达的肩膀说：

"跟我走吧，亚达。最好是一劳永逸地解决。"

直到此时本还保持冷静。可是他一听到哈里叫亚达的那种语气，火一蹿就上来了。哈里是用法国人的方式发那两个音的，重音放在达字上，在本看来，这显得很做作，几乎含有侮辱的意味。他的愤怒爆发开来，变成咆哮、嘲骂、诅咒。他一时用意第绪语、一时用俄罗斯语咒骂，哈里几乎听不懂。在哈里看来，他那些仇恨的咆哮、咒骂和手势可恶而粗鲁。此刻，他想到了劳伦斯说他歇斯底里时脸上的可怖表情。这种复仇之神的疯狂、咆哮、狂呼乱叫仿佛是从另一个世界冒出来的。

"我要叫你死在我眼前！"本说，"我要让你死无全尸！我要让你不得安宁，不得睡眠，不得好死！我要让你的后代遭千人指万人骂！让你子孙替你挨骂！"

“住口！”哈里大喝一声，“这里是法国，不是乌克兰的隔离区！”

“可你和我和她一样，是从那里出来的！你要是知道我是多么恨你就好了！你这个家伙，居高临下地看我们，看不起我们，不愿意和我们这些犹太贱民有共同之处！等着吧，等着，你会重新和犹太贱民混在一起的！你是从贱民堆里出来的，你以为永远摆脱了贱民，可你将来仍旧会是贱民！我是多么憎恶你啊！就是因为亚达喜欢你的理由！因为你是阔佬！因为你穿着干净衣服！因为你过着幸福日子！可是你等着吧！我们会看到，谁是最幸福的人，谁最有钱，是你，从小就娇生惯养的富家公子，还是我，贫穷可怜的犹太人！有一天你也许会知道，你在我身上失去的东西，几百万呐！亚达，只要你有耐心等一等，我本可以把这几百万送给你啊！”

“你闭嘴吧，肮脏的冒险小子，”哈里叫起来，“你怎么就不明白，此时此刻谈论金钱，把金钱卷进来是多么可恶啊！”

“呵！你们这些欧洲佬的装腔作势，我恨透了！你们称作成功、胜利、爱情、仇恨的东西，我只管它们叫金钱！一样的东西，不同的叫法！我们的父母就是这样说的！这就是我们的语言！你很清楚她为什么爱你！因为我们头次进你家那天，你戴了干净的假衣领，活套袖！不幸的是，那天我们一身尘土，我还受了伤，流了血！我们之间的差别，就是金钱造成的！而不是血统和种族！……那天在你家，我曾对自己说：本呐，你是团烂泥，人家是王子！去你的！你算什么王子！你看看自己的模样：和我一样的勾鼻子，一样的短鬈发，而且你也虚弱有病，像我一样饥饿不幸……不过你不是缺吃的，你是缺别的东西，缺别的东西也是饿，不能像别人一样得到满足！……本来我可能是你，你也可能是我！亚达，你为什么喜欢他不喜欢我呢？看清楚，你把我们看清楚！他和我，我和他，我们是一块料子做的！我们是兄弟！”

哈里双手捂脸：

“不！不！不是这样！”

“喏，看看他！难道这是欧洲人的做派？他怕望着我！他怕看到自己的影子！亚达，留下来，跟我一起！我们不再提这段丑事，也不提你那些文明人的傻事。我知道从童年开始的痴情、欲望是怎么回事。太好了，你已经尝过味、解了渴！”

“本，我从没爱过你。本，你以为我们像你，其实是你到处看到自己的形象。我不需要金钱，本，甚至也不需要幸福。我只想过另一种方式的生活，你明白吗？我只想尝试一种不仅是工作与欲望，而且是安宁、温柔和平静快乐的生活。你叫喊、咒骂，你充满了恼恨，你遍体都是伤。可怜的本呐，你让别人痛苦，自己更痛苦。放我走吧，别闹了。啊！本，你听我说！……”

哈里默不做声，叉着两手，随他们两人去理论。无论如何，他们说的是同一种语言。亚达坐在本身边，伸手搂着本又长又细的脖子。哈里听不见她在本的耳边说的悄悄话。他们的脸颊贴在一起，头发绞缠在一起。哈里不舒服，摸了摸自己的面孔。他知道自己像本，然而（这是他的不幸）五官之中又只有几处像本，其余地方都不像，就和不像劳伦斯一样。可是说出来不会有人相信！绝不会！他永远会被人从这一方推到那一方，又会不断地被两人推开，要是本犯了过错，他得不断地为他弥补。不过他内心的苦楚、暗暗的屈从却可能像本！他觉得本就像个陌生的肉体，紧贴在他身上，只有撕开自己的皮肉，才能将之请走。于是他焦躁地叫起来：

“求求您，放了他，来吧，亚达！”

亚达正要起身，被本一把抓住肩膀。哈里以为他要揍亚达，一个箭步跳过来。可是本只是捧着亚达的面孔端详，就像盖棺之前凝视一个死人。接下来他一把推开亚达，跑着穿过房间，不见了。

二十五

两年后，一个五月的早晨，希纳家的伊萨克和所罗门两兄弟，银行的现任主宰，在等侄儿哈里到来。他们很迟才起床，泡过澡，淋过身子，把瘦弱衰老的身子擦干，又叫指甲修剪师修了指甲。那是几个美女，他们经常请到家里来修指甲，只是他们老了，没有能力抚弄了，只能远远地看着，带着一丝兴奋与遗憾，就像在玻璃后面观花。他们精心地穿衣打扮，格外仔细，最后把一件便袍罩上干枯的身架。从绚丽的色彩与精致的做工来看，这件便袍是一件顶级的艺术珍品，将东方艺术与伦敦艺术汇集一身。这也多多少少是他们刻意追求的目标：在他们身上展现豪华与精致的精美结合。迄今为止，他们身上的一切都是恰当得体的，让人无可挑剔，只是稍许有些异国味道，就像一些东方树木，香气经久不灭。他们两个特别相像，都是七十六岁，瘦削而轻捷，头发白了，卷着小波，脸色褐中带黄，眼睛周围有深色眼圈。

他们曾经拼命干活；他们来到世上的时候，他们的父亲，大名鼎鼎的老希纳，乌克兰犹太人的偶像与楷模还没有积起巨大的财富。他们是家中的老大，应该早早挑起家中重担的人。对于小的，人们一般比较宽容，但是老大，他们就应该在惯坏之前，在被过度的安全措施与奢华生活磨灭意志之前就挑起重担。这是一些只应该知道责任而不知权利的太子。他们离开俄罗斯时只带了微薄的收入，因为父亲挣下的财产被不断地拿去冒险，不断地遇到问题，被再三拿去赌一种无止尽的幸福。而他们的风险却极其巨大。他们几乎和父亲一样清楚，一旦受挫，他们无人可以依靠。当然，他们可以回乌克兰，吃穿不愁，但却不可能参与家族的生意，因为老希纳还健在，在向死亡挑战。

不过在欧洲，他们成功了。他们建立了一家小银行，起初只有一些遥远的殖民地企业成为他们的客户，慢慢地，银行业务扩大。成了……他们终于有权讲讲排场摆摆气派了！他们这家银行，当年曾有一些国王也来讨钱！经过他们长期不懈的努力，银行扩大了，生意兴隆。现在，它就像一具人体，依靠自身的运转生存了下来。两兄弟老了，只是每天下午两点到四点上宽阔的总裁办公室坐坐，不过对于银行的经营管理，这已经没有多大意义，也没有实际影响，其作用顶多也就相当于墙上挂着的父亲和祖先的立像。不过，无论如何，在最亲近的合作者中间，他们还是深受尊敬。他们就像一对可敬的瓶装酒，身上蒙着灰尘，结着蛛网，可还渴望尊敬，只有把瓶塞拔掉，除去封蜡，把葡萄美酒倒入酒杯，送到唇边，你才终于发现，在久酿久藏之后，年龄已经走气，失去了所有的芳香，只能扔掉了。

他们自己意识到了吗？哈里独自一人的时候，经常这样问自己。他每次走进这间餐厅总觉得不舒服，就像进了一座巨大的陵墓。在这间巨大空阔的房间里，墙上挂着珍贵名画，勉强看得见这里那里露出富丽的墙色，他发现两个老人面对面坐着，黝黑的手上各端着一只杯子。他们穿着金丝红线编织的便袍，就像两个蛮族的偶像，不顾自己的年龄、心悸和失眠，以同样的动作，喝着浓烈的土耳其咖啡。是啊，他们意识到失去了管理银行的权力了吗？他们愿意把自己封闭在一种只有奉承者和仆人才能进入的退休状态吗？他们知道自己慢慢失去了与外部世界的接触吗？他们清楚自己过的这种日子，好像世界还是一九一四年前的世界，问题还是那些问题吗？他们还会把自己的麻木当智慧，把自己的厌倦当谨慎，把缺乏想象力当经验吗？因为哈里坚信他们缺乏想象力。因为从小就认识他们，他说不定没有注意到他们不露声色的神态下面那贪婪的灵魂之火。希纳家的人多少都吃过苦，都有这股热情……在这里，两代人的误解达到极致：在哈里看来，两个伯伯没有一点人情味，而在两个伯伯看来，哈里是继承人。是不惧一切艰难险阻要剥夺他们财产的东方式继承人，两个老人心想。他是假装超脱和不在乎吗？这是为了更好地欺骗他们。他对生意来往显得嘲弄厌恶，这是假装的？因为他认为这样可以麻痹他们，让他们高枕无忧，放心大睡。不过他们还有力量，可以把权力牢牢地抓在自己手上。让他等吧！让他耐心一点！他们不也是等到父亲去世才接手的吗？他们等了那么久，等到成为这大笔财产的绝对主宰，已经五十有二了。这大概就是他们从不原谅哈里的原因。他还是个黄毛小子，就继承了祖父遗给他的那份财产。好在他们是监护人：他们把那一份全抓过来了。后来，到了监护人交账的时候，他们把那份财产使用得那么巧妙，谁还会那么傻，竟不承认他们两个老人有保管那笔金钱的权利呢？再说，还有银行。银行将来是要交给哈里的。在那之前，他们还是要生活在机密之中。他们保留暗探，安插亲信，用了一大批王党，目的就是尽可能让哈里远离生意。他们或许是两个被描绘出来的古老偶像，人家要是碰一碰，就会被斥为大胆、渎圣，因为那两双衰老的手既脆弱又有威胁性。甚至他们的虚弱也是危险的。怎样与这两个枯瘦轻飘的老人斗呢？他们穿着亮闪闪的便袍，让人想到一些死蝴蝶。

哈里其实并不像他们所认为的那样对他们有些厌恶。哈里只是觉得他们有点古怪，既让人恼火又让人感动。两个老人做出同样的动作，向他伸出冰冷的指尖。伊萨克示意哈里坐下；所罗门指指开了一条缝的窗帘，那里有一线日光透了进来。仆人走过去放下窗帘，于是一片泛红的富贵的幽暗笼罩住房间，就像葡萄酒或者玫瑰花的颜色。仆人托着果盘，无声地走进来。这是两个主人的早餐。他们上了年纪，血液黏稠，流动不畅，早餐就吃水果，降低血的浓度。伊萨克坦然地接受服侍，用一把古老的长剪刀，从仆人手里剪下金黄的冻葡萄，就像一些富贵鸟，伸着长喙接受食物一样。所罗门则更为警醒，生命力通过焦躁和怀疑在他身上表现出来。他盯着仆人的每一个动作，有时皱皱眉头，示意仆人有两颗葡萄上有红色的污迹。他推开面前的碟子，仆人立即将它收走，换上一个新的，一个酸果绿的瓷盘，里面盛着红艳艳的草莓。他们用的每件瓷器都是精美的珍品。

“可怜的老鸟儿。”哈里心想。

他谢绝了水果和咖啡。不过他耐心地等待两个伯伯用完早餐。因为他知道，只有等他们吃饱喝足之后，你说的话他们才肯听。所罗门现在慢慢吃起了糖蘸草莓。他的鼻子与兄弟不一样，鼻梁太薄，有两处好像折断了，鼻头又长又尖，几乎碰到了嘴唇。而伊萨克则是个大鼻子，沉甸甸地垂下来，像枚东方的果子。两个老兄弟都有一双犀利的大眼，就像波斯细密画上年轻人的眼睛。他们似乎觉察到哈里等得不耐烦了，尽管哈里凭借经验，尽量掩饰自己的不安。于是他们尽可能吃得缓慢，把早餐仪式般的架势摆得更足。终于，所罗门拿起细麻布餐巾，擦了擦指头，伊萨克则示意仆人拿出几封信让哈里过目。那些信都已经被秘书拆阅分类，叠成一小札，就像金色托盘上叠放的吐司。

这是最后的仪式。伊萨克一手将裁纸刀举到齐眉处，一边匆匆将已经读过的信纸再读了一遍。信纸上凡是要紧的致命的东西都被抽掉了。接着他满不在乎地叹息一声，将信放下。所罗门则在浏览晨报。

在封闭的餐厅里面，在红色的暗影之中，发散着浓重的水果香气，在两个伯伯周围，似乎还飘逸着一丝胡椒生姜的气味。哈里不得不振作精神，提防自己昏昏然睡过去。他常常生出麻醉的感觉。老人的在场就像一帖麻醉剂。他们慢吞吞的动作、慢条斯理的话语，自然而然产生了一种迷幻。“我们虽然很老，但我们也很睿智，”他们似乎在说，“你以为可以教我们什么？我们看到事情开头，就知道它会怎样结尾。”

他的语速开始加快，变得更加急促，而这，正合他的希望。

“伯伯啊（哈里出于本能，总是对所罗门说话，因为他身上还多少有些人味），伯伯，近年我们同意给政府贷款的名单上是不是又增加了两个国家？”

两个伯伯都不回答。所罗门慢慢地折好《费加罗报》，把它放在空盘上。一只蜜蜂嗡嗡叫着，大概是被草莓的香气熏醉了。也不知它是怎样钻进这间关得严严密密的房间的。伊萨克恼怒地挥着手上的裁纸刀，要赶它出去。

“是阳台上的花儿招进来的。我这么说你不会相信，可是昨天在卧室，我就听到一只蚊子在床边飞来飞去……五月才开始，巴黎就……”

所罗门扭头望着侄子。

“你年轻，身手灵活，能去把它赶走吗？”他说，声调里既有嘲笑也有愁苦的意味，好像每句话他都在想：我们这些老家伙没有用了，只有扔进火里烧掉了，您说呢，年轻的先生？……那么，快去架起柴堆，将它点燃。不过，您也不要因为我们还在抵抗就觉得惊奇！

哈里冷冷地说：

“不要碰它。它不会蜇你们。”

他停了一会儿又说：“你们还没有回我的话呢。”

“亲爱的孩子，你说什么来着？我没有听清楚，对不起。”

哈里站起来，开始在房间里走起来。两个伯伯疑惑的目光跟着他。

“银行的业务让我不安，”他说，“一段时间以来，它变得有些冒进。甚至那些利润也让我担心，因为超出了正常的比例。”

“从什么时候开始，一个年轻人看到一家老牌银行，一家他准备继承的银行改变经营套路就抱怨了？银行只不过是顺应现代条件，到财富所在的地方去求财嘛。”

“我眼下就有一份名单，上面列出了我们以种种形式提供援助的国家：太多了，欧洲和东方的所有国家都包括在内，尤其是东方，正是这点让我不安。”

“那你把我们从中得到的好处列张表看看？”伊萨克不急不忙地问道，“我们吞并了多少巨大的机构啊。我们支持那些政府，作为交换，那些政府向我们出让一些资产，那都是实实在在的数额可观的财富啊……让我们干下去，哈里，直到你对我们的经营方式不再抱怨为止。”

“我不是抱怨你们；不过，两年来，你们对一个小小的，不知从哪里冒出来的冒险家百分之百信任……还有那些对外国政府的贷款，那种做生意的手法，都不合我们家族的精神……”

“你是在跟谁说话？”所罗门问道，“你提到的家族精神，只可能在你堂弟的灵魂里找到更适合的联系。还有，请允许我告诉你，哈里，如果祖父回到人间，会认为你堂弟，而不是你，更像他。”

“可是迄今为止，我们不需要任何人帮忙，不也活下来了，生意也做得兴隆。”

“不，不论是银行的业务活动还是经营方式，都不像你认为的那样有大变化，哈里。我们把钱借给一些国王的时候，你还没有出生哩。”

“不要这样，不要这样，”哈里不耐烦地摇头，“不要把我当小孩。我知道自己在说什么。两年来，我们到处做生意，采黄金，开铁矿，贩枪炮，收铂金……下城那些掮客就是这样毫不在乎地收进抛出士麦那的葡萄干、塔吉克斯坦的生丝的。而这种没有理智的做法，将来是要我，要我一人来承担后果的！”

“你的肩膀也单薄了一点，确实担不起，”伊萨克说，“不过我们希望多活几年，等到银行的继承人表现得有能力接班之后再死不迟。”

哈里心想：“我不知道他们说的是真心话，还是在嘲笑我，或者是看不起我，因为人是不会吃苦费力给一个孩子采摘珍稀花朵的，人只会把最平常、最易采的花给孩子。不过有一点是确实的，这就是，必须扼住他们衰老的身体，才能进入生意核心，拯救他们，从而把我也一并救出来。然而，本这个家伙在遭受极端措施之前不会后退，而我又太文明，下不了狠手。”

“据我看，德拉舍家对我们的事情非常关心，”所罗门指出，

“你岳父跟我聊过，他的说法，就跟你今天的差不多。”

“您是怎么回答的呢？”

所罗门微微一笑，但是那笑意在唇上一闪就消失了，就像一道涟漪在池塘的阴暗水面上一荡而过。

“有什么必要回答？”

哈里想象他与老德拉舍面对面说话的神气。他认为看到了伯父一闪即逝的笑意，还有举手搭在眼前挡光的动作。

“您总是这么神秘兮兮的做派，”他小声地嘟哝，“所以招来很多人仇恨。”

他伯父一下站起来；脸上现出一种骄傲而又嘲笑的神情，一时给他苍老的脸庞罩上了一层青春的辉光。

“你以为这么说会让我害怕？可怜的孩子！迄今为止，除了仇恨，我还见过什么别的东西吗？它是我生命的一个基本元素。哪有鱼儿怕水的道理？”

“我真的认为，”哈里突然说，“通过中间人，您今日确实再度体验了您最美好的情绪……”

两个老人没有回答。他们不喜欢被人猜度。

日光消失了。富丽而闷人的房间变得阴暗。咖啡壶侧边闪烁的银光熄灭了。老所罗门做了个手势，仆人走进房间，扶他站起来。闪烁生辉的便袍一件接一件消失在门外。室内，只剩下哈里一人。

二十六

“我们最好分开。”劳伦斯说。

春天漫长的周日，紧闭的门里总是响起这样的争吵。这是最乏味的夫妻斗嘴：没有叫喊，没有眼泪，也没有任何互相理解的希望。仆人们躲在门外，却只听见一些喃喃低语。有时，劳伦斯颤抖的声音也会传出来。她总是重复着一句话：

“不可能。我们最好分开。”

劳伦斯的几个姐姐都是嗅觉很灵的女人，隔老远就闻得到奸情，就像猎狗隔老远就闻得到山鹑。几个月前，当劳伦斯从她们那里得知哈里供养“那女人”，他们曾一致同意分开。可是那会儿她一个劲地抽泣，拼命地责备丈夫；于是做丈夫的为自己辩护，又带出了从前的怨气。最后，争吵就成了如人们所说的这样一件事：夫妻吵架是大病，但是不要命。头天吵完，第二天又和好了。但是，疾病看上去好像医好了，机体里还留着死亡的芽苞，夫妻吵架也一样，表面看似和好了，其实相互间还不信任，渐渐地，窘迫就像一种毒药，毒害了夫妻一起度过的所有时刻。

头天，劳伦斯告诉他，有人邀请她乘豪华游轮去海上旅行，问他愿不愿意同去，他回答：“不去。”

自从头次因亚达争吵之后，他们就没有再提过她。而哈里现在也明白，妻子一直没有放弃看到他和亚达分手的希望。

他不知道，在劳伦斯身上，希望具有多么巨大的力量！他也不了解亚达。这个女子可以擂一张闩紧的门，把拳头擂肿，也可以像她住在外省的祖父母一样，耐心地缝补一条花边，从不灰心丧气，即便在外人看来这条花边已经成了破布。因为她们知道，通过针织技艺，通过不眠的长夜，一切都可以缝补，一切都可以修复一新，只要不吝惜力气与时间就行。劳伦斯觉得，他们的关系是巩固还是中断都无所谓，事实已经摆在那儿：正如她辛酸地对自己所言，亚达占据了她的位置。如果亚达是哈里的情妇，她可能不会怎么担心，让她惧怕的恰恰是亚达是哈里的女友。当哈里回到她身边时，不像一个被爱情弄得筋疲力尽的男人，想重新在夫妻生活中找到安宁和恬淡（真要如此，她会原谅哈里，从前她不也曾见过母亲像这样欢迎德拉舍回家吗？），而是像离开了平静的避风港，驶入风狂雨暴波涛汹涌的大海的船只。这点，她就不理解了。自从第一次吵架，也就是唯一一次吵架之后，她不是一直表现得贤惠，从不高声说话，从不抱怨被抛弃，也从不逼他给自己做保证承诺吗？可每次哈里回到她身边，总担心会干出什么事情，做出某种伤害。甚至他的脸色也是如此，离开亚达时还是明朗的，灿烂的，过了几分钟回到家，马上就阴沉下来，显出疲态。

在她看来，相信自己胜利才算得救，可这是不可能的。

这天发生了一件事，与哈里的私情毫无共同之处，终于给这个长久的、耐心的、但是无益的工作规定了一个期限。每个月的头一个星期四，小两口都要把孩子送到奶奶家。由于劳伦斯很有责任心，有时就独自去接孩子。这天，她到婆婆家时，发现老人很气愤。原来孩子摔了跤，把膝盖碰破了，出了血，瑞士保姆只肯用清水冲洗伤口，心痛的奶奶递上消毒水、消炎粉和药膏，可是那保姆把它们全推开，还发出轻蔑的讥笑。劳伦斯的小家伙自己也感到害怕，正一边大吵大闹一边打滚哩。

劳伦斯便对瑞士保姆说：

“给他洗脸洗手，带回家，晚饭不许吃甜品，好让他知道，不能受一点小伤就哭闹。”

保姆带孩子走了，剩下婆媳两人无声地互相打量。

“夫人，我还是要谢谢您，因为您没有助长孩子怕苦的倾向。他以为自己不幸，其实并没有那么严重。这孩子太娇气了。”劳伦斯冷冷地说。

“狠心的母亲，”老太太气得发抖，狠毒地剜了劳伦斯一眼，“可恶的女人！唉！我要是能够带走亲爱的孙子，永远不再见到你就好了！”

她大声回了一句，语气却很平静，气得劳伦斯不能自已。

“孩子还小了点吧，就这么严厉？”

“我不这么看。”劳伦斯干脆地回答。

“他父亲这么大……”

“您是按您那个国家、那个种族的习俗养他的，可是……”

那张搽了粉、过于苍白、又画了黑眼圈的长脸愤怒得直抽搐。

“我养他是为了让他幸福，可他没有得到！”

“是啊，可是我呢，”劳伦斯不急不慢地说，“我养儿子是要让他忍耐，让他牺牲，让他控制自己的灵魂与肉体，您明白吗？”

“是啊，”老妇人想道，“在知道没有谁会碰他的时候，这样说，这样为孩子的前途着想都很容易。可是我呢……首先，我得保护孩子不受欺侮，尤其是在我之前，成千上万个我这种血统的女人不得不保护孩子不受虐待，不挨饿，不染上流行病，不陷入贫困，不遭受不公正的仇恨……我们永远记得那种生活，我们总是处在提心吊胆之中；可是，这些事儿，这个外国女人，这个幸运种族的姑娘怎么可能理解呢？”

劳伦斯突然奇怪地觉得一阵虚弱。事后她一直弄不明白，为什么自己会如此憎恶这个女人。这一点，迄今为止她连亲生母亲也没有告诉：

“夫人，我要告诉您一件事，不知您听了是难过还是高兴，因为您从没有爱过我：我打算离开哈里。”

希纳太太做了个吃惊的举动，不过显然是装出来的，因为是那样虚假，那样做作。劳伦斯的脸唰地变得煞白，问道：

“您不觉得吃惊？您已经知道了？从您儿子那儿？”

这次她是真诚地为自己辩护：

“不，不，我向您发誓，我不知道！我要是说谎，天打雷劈，永远见不到儿子……”

“可是您知道，是吗？”

“是的。”她小声回答。

接着，她又压低声音：

“您明白吗？他是我儿子……有什么还瞒得住我？他虽然不说，可是他那张脸能够说话。”

“您知道他……那个女人……”

“是啊，知道……”

“那您应该高兴啊，”劳伦斯叫起来，“看到他终于与你们家族的人……”

“高兴，我？”

她显然说的是真话，因为她愤怒得发抖。

“一个下城的平常女子！可能发生的事情还要糟哩！我一直就担心这种事！我想把他从这种灾祸、这种不幸、这种倒霉事里救出来，可是没用！……他还是沦落到他们中间了……”

“他们是谁？”

“那些人……那些冒险家。我跟您说过，他们带来不幸，可是躲不掉。他们把我们拖到他们中间。”

劳伦斯跟哈里交谈的时候，想起了这些话。与婆婆这番谈话之后，她觉得事情再清楚不过，不该为自己辩护了：如果哈里不是为爱情和家庭所驱使而走向那个女人，那就是因为血统的隐秘召唤。要对抗血统的力量，她是无能为力的。她费尽九牛二虎之力，也没有夺回丈夫。尽管他们办理了所有的世俗和宗教的婚姻手续，哈里却不是她，而是另一个女子的丈夫，因为他被永远地许配给了那个女人。

她想：

“我没有办法了。”

于是她说：

“我们最好分开。”

仆人们躲在两道门后面，又隔了厚厚一道帘子，什么也没有听到。不过，根据突然而至的静穆里那特殊的不祥意味，他们明白，夫妻俩分开已成定局。于是他们也不声不响地走开了。

二十七

从外面看，本的出走没有改变亚达的生活。但她不肯离开老房子，在哈里看来，那房子简直就是一个窝棚。她也不接受情人的金钱。

她卖掉几幅油画，又给几家著名的报纸画漫画。一时间围绕她的名字掀起了一场好奇的运动。可是无论那些人是附庸风雅、赶时髦，还是好热闹、看稀奇，或者乐于见到新的才华，或者具有职业热情，她都没有满足感。如果要她利用与哈里的关系在上流社会抛头露面，结交人物，赚钱得利，她会觉得脏。其实，她过去一直是，将来也会始终是个怯生的孩子，只有在完全没有外人的时候才觉得自在。劳伦斯说得对。亚达不是个女人，没有任何女性的缺点，也没有任何女性的美德。她既不知道装点可怜的陋室，让它成为令人赏心悦目的家中一景，也不善于在周围营造一种温馨而宁和的气氛。相反，她吸的空气都带有无声的渴望。不过，虽然这有点奇怪，但恰恰是这点首先把哈里与亚达绑在一起。她给哈里带来一种从未见过的养料，哈里虽然不知道，但是非常需要这种养料。这就是深厚的热情、内心的激情，它使每一份细微的快乐都有了价值，它成功地把悲观失望、烦恼愁苦从不知什么苦涩的野性快乐中排除走了。

哈里欣赏亚达身上这种自愿的舍弃，欣赏她对外部世界的鄙视。迄今为止，他在自己周围，在家里看到的人，和亚达是那么的不同。在他家人们的血脉中流动的稠厚而富有的血液，在亚达身上简直看不到。然而，亚达身上流动的仍然是血，它保持了快速的流动性。哈里微微一笑，心想，那是野兽，是还没有驯化的动物的优点。

和本一样，她也可以不吃不睡，玩命干活。她不需要与人来往，不需要修饰打扮，也不像劳伦斯那样喜欢完美的环境。

“你好像生活在一座荒岛上。”哈里说。

“我从来就没有在别处生活。将来要失去的东西，何苦死抱不放呢？”

“可是亚达，为什么要失去呢？”

“这我不清楚。这就是我们的命运。曾经属于我的一切现在都失去了。”

“可我呢？我？你还爱我吗？还属于我吗？”

“你啊，是另一回事。从前我没见到你，也几乎不认识你，可你就像现在一样属于我。我呢，虽然不断地担心灾祸，可我从不担心失去你。你可以忘记我、抛弃我、离开我，但你仍然属于我，而且只属于我一人。你是我的爱，你是我创造出来的。你远不止是我的爱。你是我的造物。正因为这点，你才几乎是不由自主地属于我。”

他们躺在亚达房间里那张灰色人字斜纹呢的窄沙发上。桌上一个粗陶盆子盛着几只水果，亚达刚刚做过临摹。在这间四壁空空，像牢房一样简陋的房间里，有几样属于哈里的东西似乎是从另一个世界来的：几本精装书，一条棕色底子上嵌银丝的英国旅行被，一台烟箱大小的美国无线电收音机，还有哈里每天都送来的鲜花，不过插花的却只是一些普通的玻璃花瓶。余下的一切都差不多：白木桌子，一把断腿的椅子，还有本从前从俄罗斯带到欧洲来的旧箱子，箱盖是鼓起的，钉了金属配件。箱子里面，有亚达和本还是孩子时贴的花鸟蝴蝶图片。

亚达在被子里翻了个身，把脸压在裸臂上。两个人小声地说话。房间里很冷，可是被子很厚，加上两人紧挨着的身体的温度，倒也营造出一片温暖、近乎兽窝的气氛，哈里心想，这种安逸滋味，什么也无法与之相比。他们回忆在冰冷的空气里坐雪橇散步的情景。他们穿着毛皮大衣，觉得在冷风中平静、麻木，一直暖到了心里。

他说：

"将来，等我们一起旅行……"

亚达打断他的话：

"一起？……可是……做得到吗？"

"你想不想？"

四只黑眼睛闪闪发亮；亚达的脸上浮出一团红晕：

"不，不想，这不可能！……啊！我为什么不去你富有的家，在你结婚之前，像我从前梦见的那样？我会让你喜欢……你会追我的……不，不行，这已经太晚了！……为什么你不始终像本，像我们？为什么你要出生在富人家里？为什么你要被那些家具呀、油画呀、书籍呀、银行账目呀牵扯住，要在身上套这么多索链？不过我也一样，"她停顿了一下又说，"我现在被惯坏了，被这个国家的幸福空气腐蚀了。再过几年，我就会开始希望得到整套厨具，或者一只挂袍子的衣橱，好像这是人间最大的幸福！……啊！现在，我已经在希望……"

"希望什么？"

她只是笑，不回答。哈里伸手搂着她的脖子，说：

"你真是纯洁，亚达！又纯洁又野性，心灵和肉体都是……"

她不好意思地说：

“你知道，既然春天来了，愿望就没有原来强烈了，去年冬天……有年冬季，天黑是那么早……有时下午四点就黑了，我从早上起来就干活，接下来要去看你，我不想让你见到我太憔悴、太疲惫，就在这里躺一躺……可是，每到这个时候，孩子们又放学了，于是我就不禁想到所有那些在暮色中冒雨赶路接小女儿的女人。你不知道我要是她们，会付出什么代价……你不知道，”她不安地重复一句，“我还是孩子的时候，就想象着对你的爱情，现在我和那时一样，想象到了下午四点钟，就匆匆赶到学校，牵着孩子回家，想象不能忘记带涂黄油的面包片，雨天不能忘记带雨披。不过我认为这是不可能的。上帝把我造出来不是干这事的。他只让我待在真正的女人生活的边缘，在女人熟悉的道路之外找到我的快乐和痛苦。”

“不对！你一直在等我。现在我来找你了，”他小声说，“你要是愿意，我们一起动身。”

亚达明白哈里的意思。她浑身一震：

“她知道了，是吧？”

“早就知道了。”

“哦！哈里……她离开你？”

“我们不吵不哭，友好分手。”

“儿子呢？”

“她不打算夺走我的儿子。我可以经常去看他。假期归我带。”

“你们会离婚？”

“是啊，到时我娶你。”

她做了个惊恐的动作：

“你想看到我主持你的晚餐，接待你的朋友，听你姑姑们谈绘画？你想看到我头戴那种可笑的像茶杯托一样的小帽，还插着花的样子？”

“你要愿意，不戴帽子也行，”哈里笑着说，“并没有哪一条法律规定了女人必须戴帽子。”

可是亚达笑不起来。她的嘴唇发抖，眼睛噙满泪水：

“我害怕……怕把你拉过来……”

“你想说什么？”哈里和气地问道。

她把双手捂住脸。

“我在梦中进了你家，你与母亲姑姑们坐在一起，你被她们看守和包围。可是我是从后面进去的，没有人看到我，我一把揪住你的长头发——哈里，你像女孩一样，头发鬈鬈的……”

“是啊，行行好，”哈里微笑着说，“别再回忆这种可怕的往事了……”

“我揪住你的头发，就像大利拉揪住参孙的头发①，对你说，来吧！你就抛下一切，跟我走了。可是我带你去什么地方呢？这正是我不清楚的问题。我在幸福的颤抖中醒过来了。现在我清楚了！我不会朝你升上去，而是要你降下来，我要强使你落下来，一直落到我身边！”

“亚达，我首先属于你而不是别人。在这一点上劳伦斯没有弄错。我要和别的与她相似的女人来往，她也许会原谅，可是与你来往，她绝不原谅。命中注定属于别人的东西，我们是没法拿过来的。”

---

① 大利拉和参孙都是圣经人物。参孙是有名的力士，在妓女大利拉的诱骗下，透露其巨大力量来自长发。大利拉趁其睡着，将他的长发割断，交给了敌人。

二十八

八月底的这天晚上，亚达独自待着。哈里与劳伦斯将开始启动离婚的程序。亚达几乎不能相信，她的生活就将这样改变，她将成为哈里的合法妻子……然而……她生活中的一切不会融为一体，像天上的雷霆一样朝她砸下来吧？一切，幸福与不幸。因为上帝让一些人走的是平坦安全的大路，让另一些人走的却是崎岖小道，随时都可能遇到悬崖峭壁。亚达这样想着，而父亲的话则从久远的过去传来，在她耳畔萦响。他的声调忧郁，有一丝嘲意：

“上帝清楚自己在做什么事情。他给那些倒霉鬼轻捷灵活的脚步，在悬崖峭壁边上可以退步抽身。雷雨落在他们身上，却不致命。他也给他们大福大贵，与灾祸一样出乎意料，也几乎一样可怕。”

有人拉门铃。不可能是哈里，因为他刚刚离开。她走去开了门，发现是本。现在这个本似乎和几年前出走时一个模样：工作、时光、疲劳都没有在他身上留下印迹。他好像永远在遵从一些不属于凡夫俗子的法则：一时沮丧可以马上变老，一刻希望又使他立即年轻。他偷偷摸摸，蹑手蹑脚，像幽灵一样无声无息，身子一闪就溜进了房间。亚达突然心想：“他还是和过去一样。”有一次他到下城去干他的营生——夜里偷偷地去河上钓鱼，就是这样进屋的。

也和从前一样，亚达朝他扑过去，抓住他的胳膊摇着，问道：

“你来这里干什么？”

“跟你道别。”他回答。

“你要走。”

“对。”

“今夜？”

“对。”

“你干了什么？”

他走进房里，坐在床上。

“有人告我，要打官司。”他说，倚在枕头上闭了会眼睛。

亚达问：

“只有一个官司？”

“姑娘，你总操这么多空心。”他笑着说。

她握住他的手：

“好哇！走好了！快，快逃！等着你的是什么？”

“夜里不逮人。再说，等他们那一切，警察、行政、司法的笨拙机器运转起来，我早就跑远了……”

“可你干了什么？”她再问一句，带着祈求和恐惧的意味。

他站起来，在房间里来回走动，把壁柜门打开又关上。

“你找什么？钱吗？”

他不回答。

“饿吗？”她问。

“不饿。只是有点渴。渴死了。快给我喝的。”

她给他倒了一杯水。

“来点葡萄酒吧，亚达。”

“你好像已经醉了！”

他不听她的，终于找出了一点白葡萄酒，把它掺进水里，站着小口小口地啜饮。

“没有行李？”

“没有。”

“和以前一样，口袋里一本护照，包里三件衬衣，一件雨衣，时刻准备动身，来去就像风一样轻……”她小声念叨着。

他直截了当地问道：

“你为什么希望我改变？你倒是变了，我现在看到的是阔佬希纳的情妇了！”

思索了一会儿，他补上一句：

“你知道吗，我不是一个人走。”

“这是什么意思？”

“有个人——他肯定也没有料到这种结局——此刻睡在一张优质法国床上的一个人，从明天，不，从今夜起，就会学我的样，如果他不想像我一样失败的话。”

“你疯了？喝多了吧？”

“我没有疯，也没有醉。你很快就知道我讲的是谁了。”

“你把哈里拖进那些不干净的生意，那些可疑可恶的生意了？”她叫起来。

“正是。”

“哈里？这不可能！他和你毫无共同之处！”

“他和我是毫无共同之处，可是他的银行，他伯伯和我有很多麻烦事，讨厌事。”

“什么事，到底是什么事？”

“明天报纸上会说的！”

亚达两眼射出怒火，朝他扑过去：

“马上说！快说！可恶的家伙！”

“希纳银行破产的消息至今还是秘密，明天就会公开，”他说，“到时会引来所有常见的后果：官司、丑闻、民众的愤怒……”

他那修长灵活的指头一刻也不曾休息，在空中画了个阿拉伯图案，一张怪诞的像花边一样复杂的网。他微笑着注视这张网。

“你知道，所有太大、太耀眼的生意，基础其实不牢，很脆弱，一碰就垮。我们做了一连串的黑生意。有什么办法呢？过去只有个人破产。我们是跟一些没有支付能力的政府打交道。它们一个接一个垮掉了，一场革命、政变或战争之后，总有一个政府破产，而我们则始终处于困境，矿山被水淹了，工厂毁坏了，铁路收归国有了。真是灾年！这十二个月吃的苦比十二年还多。我是竭尽全力了……”

他停住话头，望着亚达：

“是啊。你猜出来了。我遇到任何障碍都不后退。我想争取时间。在这样的赌局中就看谁撑得久。人们拆墙补屋直到整座房屋垮掉……碰上好运就捡了一条命。人家指控我做假账。”

他耸耸肩膀：

“你得面对冤家对头，面对希纳家那些精明鬼。近六个月我……对，确切地说……模仿他们的签名。这是免不了的。总之，资产簿上有些文件，我做了些安排……改了日期，好让债权人放心。只要不走漏风声，再有几个月，事情就有救了。可是革命把一切毁了。政权更迭。我所指望的天然财富仍然在那里。只是需要不断地收买人员。就是这个太贵……对我对他们都贵。其中有一个自杀了，那是个为我服务的小伙子。我以为只要玩弄数字就行了，那些数字是不会调皮的。可是事情总要人来做。而人肯定是不完善的，可你不能不用：小小的野心呐，可怜的爱情呐，害怕呐。一个蠢东西昏了头，自杀了，死前向国家总检察官写了一封举报信，于是事情就穿帮了。希纳家的人，他们知道吗？”他缓慢地说，与其是问亚达，还不如是问他自己，“大概不知道，至少开头不知道。再说，他们又不说话，因为他们明白能够赚到什么。他们是那么兴奋。他们跑在前头，什么也看不见，也忘了障碍，就像一些老马，在马棚里关久了，”他苦笑着说，“听见喝令和鞭响，就没命地跑起来，直到累死为止。不过，至少我让他们好好跑了一程。他们跟我过了些愉快日子。多亏我他们才得到一些东西，而他们本来可以得到的东西更是亏了我。那些东西有多大价值你都无法想象！他们的银行很大，很有名，牌子也老，可是没有活力，迟钝、麻木、僵化，死气沉沉，几乎是一具僵尸！你别弄错了，是我让它恢复了活力！”

“哈里的伯伯，那两个老头，听你说过吗？”

“哦！我求助的就是他们身上的老气。”他轻声说。

“哈里呢？”

“我们做了安排，他什么也不知道。”

“可这样一来，他就没有责任了，”亚达欢叫起来，“他不可能为你做的事情承担责任！”

“这要由辩论来决定，亲爱的。”本嘲讽说。

“什么辩论？”

“这……会有一场预审、一场调查、一些法官，我知道什么呢？”

“总之，一个丑闻！你想要的就是这个？一个丑闻？”

本不回答。

“你很可鄙，本。你是世界上最坏的人！我看不起你，恨你！就因为你，一些无辜的人要吃官司，一些不幸的人死于非命。一个诚实的人会因为你破产，败坏名誉！而你，你却一跑了之，逍遥法外，两手插在裤袋里，潇潇洒洒过日子，口袋里装满……”

“你弄错了，我没有一个铜子。”

“去跟别人说吧。”亚达冷冷地回答。

“我对你发誓。我何必要向你说谎呢？我身无分文。当百万银钱被我本人，被我的智力、我的天才创造出来，在我周围流淌，你以为我会像奥凡涅或者弗兰德斯的老农妇那样一个铜板一个铜板地攒钱吗？你别笑，亚达。你不能因为我输了，就不承认我有天赋，就不承认我和你一样聪明。说到底，你那些画是什么东西呢？你是想强迫人们通过你的眼睛看世界。而我呢，也是一样，我希望按我的想象和激情来折叠世界。正是这点让我来劲，而不是往口袋里塞钱，或者给希纳银行增光。”

他是带着仇恨的口气说出希纳这个姓氏的。亚达忍不住叫起来：

“其实你是想断送哈里！你在报夺妻之仇，因为我离开你跟了他。你很自负自傲。其实你只是个可怜的嫉妒虫！作为最平庸的丈夫，受骗的小店主，你想报复！”

本摇摇头。

“不，不，”他平静地说，“我玩的游戏是那样刺激人，让人那样陶醉，我甚至都忘记了哈里……不过把他扯进来，对我也是个安慰。自从四十八个钟头以前，我知道丑闻将要爆炸以来，自从我颤抖以来（因为我是在你面前充好汉，你是了解我的，看不到或者不愿意看到我颤抖，好保持你的冷酷，好不对我表示怜悯），自从那一刻以来，只有一个想法让我觉得慰藉：哈里的命运终归与我的相似。为什么不呢？我们是亲戚，我们有同样的血统，我们模样也差不多。啊！看到我们的照片排在一起，我会很高兴的。哈里·希纳。本·希纳。明日，从报纸上看到我们照片的读者不会弄错的。他会说：'两个外国混蛋。大概是两兄弟……看呐，一样虚伪的眼睛，一样贪婪的嘴巴！他们真丑啊！判他们坐牢吧，两个人都是罪有应得！'"

他看到亚达的脸忽地白了，便朝她低下头。

"可我并不想把他送进大牢，知道吗？你可以通知他，让他像我一样行动！让他走吧！让他消失！他没有一个铜板了，你知道吗？……希纳银行会倒闭。他可以从一个国家到一个国家，买货卖货，倒腾外汇，做旅行推销员，根据情况和顾客需要，或者经销假花边，或者贩卖走私军火。过十年，再看哪个人，甚至一个恋爱的妇人，甚至就是你亚达本人，能不能看出我和他有什么不同。"

"永远别想！不可能！他永远和你不一样！"

"不。他会沉下去，而在他下沉的地方，我会浮起来。"

他们听到时钟敲响四点。本打了个寒噤。

"我走了。"

亚达一身颤抖，脸色铁青，眼睛冒火，小声说：

"是啊，滚吧，求你快滚，因为我……怕忍不住……我想杀你……"

“亚达，跟我一起走。”

“你是疯子！现在，我知道了，你是疯子！”

“亚达，他不适合你，你也不适合他。我是了解你的，我差不多就是你亲哥哥，跟我一起走吧。他，是个什么人呢？对你来说，差不多是外人！来吧！”

他的狂热收敛了。一直支持着他的假装的激动消失了。他平静地说话，平常地，既不望她，也不朝她做什么动作。

“你认为，他要是走，你会跟他走。可是他不会走的，他会低头等待。他会承受不该他受的惩罚。他没有勇气把一切抛弃，像我这样一走了之！我还会尝到别的幸福，还会有别的不幸。可是他的生命将就此打住了。他会被羞耻，被无能为力的遗憾折磨死的。他会等待丑闻爆发。接着，他会等待判决，会等待人们将他忘记。可是等到那天，他早就死了。而你要是跟我一起走……”

她粗暴地打断他的话：

“你刚才不是说你们相像吗？”

“就像狗和狼一样相像，”他耸耸肩膀，“亚达！你是不是想象他会原谅你？”

“我？我又没做什么！”

“你把他拖进我们中间，犹太贱民、冒险家、移民、外国佬……他现在成了什么人？他本来有朋友，有家庭，有财产，而且娶了个法国女人！你想象过这点吗？你想象过我们之间的对比吗？对我来说，丑闻算什么？名声臭了算什么？人们从来就没有尊敬过我！流亡对我算什么？我从来就没有祖国。可是他……你认为他会原谅你？”

她只能断断续续地嘀咕：

“你这个可恶的家伙！我要咒骂你！我只盼你早死！死了还无人收尸！”

她怕自己说出更粗痞的话，赶紧住口。

本再次说：

“跟我走吧！嗯，亚达？”

他突然用几乎稚气的声调说起话来。童年夜里，他在窗下唤她，叫她去河边玩耍，用的就是这种声调。她也像童年一样拉开门，在他面前回答：

“不。你一个人走吧。”

他低下头，在亚达手上吻了一下。接着走下楼梯，不慌不忙地出了屋子，消失在外面。

二十九

亚达跟在本后面跑下楼。她起初是想跑到哈里家。不过她了解他，知道他不会逃跑自救。他不会扔下两个伯伯不管，也放不下受丑闻威胁的银行。还有这么多羁绊拉扯着，他怎么可能逃跑呢？不会的，去找他没有用。再说，她也怜惜哈里，现在还不到五点，他还可以好好地睡一觉。最后，她也有点怕哈里。本说得有道理：这一切都是她的错。哈里怎么可能原谅她呢？她把他拖出亲人圈子，来到她的荒野森林。不！她不去哈里家。可是她不去，她身边剩了谁呢？可以从谁那里得到支持，向谁讨主意和帮助呢？除了赖莎伯母和咪咪太太，她在世上再没有一个亲近的人。自从里拉抛下君主，跟宫廷首席音乐家私奔之后，赖莎伯母就回了法国。

亚达登上赖莎伯母家的楼梯。几年前，她挨了耳光，脸上火辣辣的，从这道楼梯上冲下来，去跟本会合，投进他的怀抱。二楼有个木头做的小壁龛，刷了油漆，没供神像。她记得曾在这里停了一会，然后再冲下楼，跑到街上。现在，她却是朝赖莎伯母跑去，要向她求救！

当脑子里闪过这个念头时，她一把将它抓住，并让它停留了片刻，品出了它所包含的带有嘲弄意味的安慰。“如果你忘记了这件事，你也会忘记哈里和本。”她想。

赖莎伯母家到了。她拉响门铃，又拍了好几下门。终于，赖莎伯母出现了。她还算单瘦，身手也还灵便，只是棕红的头发全白了，原来冷漠和凶巴巴的表情不见了，换上了怀疑和假装顺从的神气，好像她在想："哼！我不再指望您什么了！事情我也知道了，您不必告诉我。在我看来，一切都结束了，牌局散了，牌也扔了，我只能看别人打，自己就不参与了。好在别人还能容忍我。"

"好，还有什么事？"她望着亚达叫着问。

"我来看本。"亚达说，觉得自己的声音分外平静，但也显得十分遥远，好像不是她发出的，而是另一个人的回声。那人为了嘲弄她，原本可能用最平淡的语调，说出让人绝望的话："本走了。今夜人家要逮捕他。"

赖莎伯母没有说什么，不过她的面颊和额头上显出一个个红斑。平时她一激动就是这样。她有一个强处就是从不流泪。她说：

"要不进来，要不出去，别让我吹风着凉。"

她的声音还是那么阴沉，一点也没有变。亚达听到她这么说，觉得好受了一点。

她跟赖莎伯母走进屋。一如从前，狭小的客厅里乱摊着布料、别针、衣服样板。赖莎伯母无意识地收拾折叠起摊满一桌的时装图样。可是，她突然停下来，抖抖索索地，出人意料地伸手去摸面颊和额头。

"在我这把年纪，这个打击太狠了。"

"是啊，伯母。"亚达同情地说。

她没有想到开灯。房间一个角落里，立着一个灰布衣模，一丝微弱的晨曦照在它身上。两个女人坐在长沙发上，一时都没有说话。过一会儿，赖莎伯母问：

"他怎么样？"

亚达耸耸肩膀。

“和平时一样。”

“是啊，就是在绞架上，他也不改本性，充满希望。你还要他怎样？你们分手了。”

亚达没有回答。

“你打算跟他走？”

“不。”

“你错了。丑闻爆发后，也会落到你身上，因为你是他妻子，而且同姓。不管你愿不愿意，你们都是捆在一起的。你应该跟他走。留在这里你会有什么好事？情人也会离开你的。他卷进这桩丑闻，都是你的过错，他不会原谅你的。”

“咪咪太太在哪儿？”亚达问道，声音颤抖。

咪咪太太成了她最后的希望。咪咪太太不会像本和赖莎伯母这样，翻来覆去地说她亚达背叛和断送了哈里。

赖莎伯母指着隔壁房间。

“去她那儿吧。她睡着了，听不见你的话。她睡得像铅一样沉。我呢，夜里都合不上眼啦。不过她没有孩子，从没有孩子，幸运的女人，所以她睡得着哇！”

亚达走进里面的小房间。咪咪太太就住在这里。不过她发现老太太不在床上，而是坐在一张小桌前，不免大吃一惊。小桌上点着一盏灯，摊着一副牌。老太太肩披一条带流苏的红丝巾，抬头看着亚达的面孔，平静地说：

“来，可怜的闺女，你说的话，我都听见了。难道硬要被人抛弃，心里不痛快，才来这里？”

亚达一听这话，再也忍不住，眼泪唰唰地流了下来。这种情形在她还是头一次。她往一把椅子上一坐，就低声地、断断续续地把本的话复述了一遍。

“咪咪太太，我该干什么？”她小声问。

“什么也不干。等。”

“可是，不行！”亚达焦急地叫起来。

老太太难以觉察地笑了一下。

“唉！你正是这样，你们大家都是这样。一直挣扎到底。”

“您和我一样清楚，”亚达用同样遥远而冷漠的声音说，“只有他妻子，只用那个法国家庭能够救他。”

在她听来，她的话就像是从一个外国女人的嘴里出来的。

“亚达，他们要愿意才行。”

亚达眼睛里闪现出一丝快乐。

“哼！要是他们不愿意，他就只有我了……”

可是她想起了本和赖莎伯母的话，又说：

“不管怎么说，他是因为我才被断送的……”

亚达本希望从两个老妇人这里讨点主意，可是她现在明白了，什么也没有改变：她过去是孤身一人，将来仍是孤身一人，没人帮她，只能从自己身上拿主意，一种双重的，既破除了幻想又通达智慧的主意。

于是她提高声音，与其是对咪咪太太，不如说是对自己说：

“不是吗？无论如何，我没什么可以抱怨的。总之，早在乌克兰时就有人对我说，哈里迟早有一天会为我抛妻别子……”

她重复一句：

“为我……”

“你堕落了！你觉得这种堕落是多么快乐，得意的快乐……”

她又像孩子似的央求说：

“啊！咪咪太太，我要去找谁，才能得到这份勇气？……唯一能救哈里的勇气。让他妻子知道我跟本走了，让他相信这事！……这样，她就会回到哈里身边，因为她爱哈里，她不可能允许人家毁坏丈夫的名声，不会让丑闻……他们有个孩子。哈里要是一个人过，或者跟我，什么都没有。和她过，有她那个强大家庭做靠山，他就得救了。”

“你呢？”

“我回这里。或者去别的地方。这都无所谓……没有人关心你的时候，在这个城市消失是太容易了。因为他是不会寻找我的。我正是为这点难过。他爱我，但是他不会寻找我。当你真心寻死的时候，有人过来夺走你的枪，你会让他夺，不会抵抗，因为你内心还是怕死的。而我对他来说，就是一种解脱、一次再生，或者一种死亡。”她压低声音说。

咪咪太太点点头。

“是啊，可以做这样的安排。诉讼还可以撤回。他背后有一个可敬的家庭，一个法国的姓氏，我认为对哈里来说，这是最好的办法……我去跟哈里说，可是你……”

亚达没有回答。她已经趴在了床上，似乎早就筋疲力尽了。咪咪太太看看她，去找了床被子给她盖上，然后回原位坐下。她上了年纪，有老年人那种处变不惊的外表，好像不近人情，其实不用说一句话流一滴泪就能给人以安慰，因为她本人就是遗忘和万事终结的活例证。亚达并没有睡着，只是闭上眼睛想事儿。

三十

当天晚上，从亚达那里出来，哈里发现时间还不晚，还可以到巴黎周围的朋友那里坐个把钟头。他们早就邀他去玩。他推掉了晚饭，可是招待会要到次日清晨四五点钟才结束，而他可以在子夜赶到那里，于是他就动身了。

他进了朋友家。天气炎热。仆人们告诉他，主人和宾客都在花园里。他不想麻烦仆人通报，就说自己进去行了。露天座上有盏聚光灯照着小径，那里有人跳舞。花园深处是一片幽暗。

他在树下走远一点，寻找凉爽的地方。有几个女人和两个男人坐在一边，正在热烈交谈。哈里没有听清他们说什么。他无声地往前走：希纳家的人脚步都不重，他也一样。等他走近，朋友们才发现他。有人大声“唔”了一声，好像要提醒说话人注意似的，于是大家静了下来。

哈里明白大家正在说他，不过他也不怎么在意：他怀疑大家议论的是他和劳伦斯分手的事，因为他和亚达的关系，走得近的朋友早就知道了。他们对这件事关注他并不觉得奇怪。要是他宣布自己的第十次婚姻，他也不怕他们评头论足、说三道四。他生活在一个富有的资产者社会，在这个圈子里，离婚呀私通呀都是常事，没有人会大惊小怪。他甚至准备听到一些影射和讽刺，那边的某位女士也许会小声开个玩笑。在他结婚前，甚至结婚以后，那几位女士或多或少都想得到他的“垂青”。不过她们并没开口，这就让他觉得意外了。有个男人大声说：

“您躲在哪个鬼地方呀？我们正好谈论您来着。什么地方都见不到您的人影。”

他的声音响亮而热情，不过是假装的，通常人们想掩盖自己的秘密想法，就会本能地这样说话。

哈里心想：“这是做掩饰，怕我走过来时听到他们提我的名字。”

他觉得有些气恼。他们想干什么？为什么不让他清静？……想到这里，他停住了，觉得如此看重这些背后议论未免荒谬。可是，纵然是这样想，他的声音在回答时却有些犹豫和慌乱：

“是啊。我有那么多事要做……”

接下来是又一次冷场。他说的每句话大家都认真听。他们虽然没有明显表露出敌意，但是可以感觉到。当他好不容易说出一句经过仔细斟酌的废话时，寂静又延长了几秒钟。多余的几秒钟。……就像人们在凝神谛听石头落地的声音，好判断隘谷有多深。哈里觉得他与众人隔着的鸿沟在不断扩大。末了，大家一齐笑起来，同时说：

“这时候，还有那么多事？”有个人问道。

哈里记得，自从劳伦斯动身以来，他没有在任何地方露过面，即便是六月份。在这个月，有个小集团的成员一天见了十五次面，而且是在不同的地方，于是他急忙向朋友们肯定，他确实是有很多事情。

“那您就是走运，”第一个跟他搭话的男子说，“至于我呢，也可以把公司关了，出门六个月：都走吧，再也受不了啦。”

有个女人问劳伦斯的消息，既不是说蠢话，也不像有恶意，只是随便问问，免得说出什么不合时宜的话来。

他含糊其词地简短地做了回答。有一对男女离开了。另一对也跟着走了。两个女人一声不响，留在原地吸烟。

“这里凉快。”

他看出她们也有离开的意思，便主动向她们提供这个借口。两位女士似乎乐于接受。

谁知她们一齐叫起来：

“是啊，难道不是吗？可时候不早了。从池塘吹来的风有些阴冷哩。”

她们站起来，朝他嫣然一笑，就走了。他坐在原地，看着池塘水面上闪烁的一线微光。

哈里低着头，两只瘦手搂着膝盖，细长的脖子倾斜着，就像栖在枝头的一只孤鸟。其他鸟儿不是一类，它只是远远地望着，不敢向它们靠拢。他的脑海里不由自主地浮出这幅图像，并且不再消失。他想使自己快乐、自尊，便强自振作起来。总之，他究竟干了什么，要这样觉得自己有罪呢？

“没干什么呀，”他努力回忆，“什么也没干呀。我和妻子是自愿分手。再说，这是我家的私事，与别人无关呀。他们今晚是怎么啦？”

他试着让自己放心。他已经不止一次吃惊地发现，自己是多么脆弱。听到一句指责，遇到一个冷眼，他就急于辩解！

“这些家伙，我才不在乎呢。”他愤怒地说。

又激烈地重复了几遍：

“我不在乎！不在乎！”

天气凉了下来，可他额头上却覆满汗水。他神经质地绞着指头。

“出事了，”他想，“他们知道，他们，我却蒙在鼓里。”

蓦地，他想到银行。一周以来他连银行大门都没有进。从两年前开始，他就生活在一种说不清道不明的威胁之中。说来也怪，这种巨大的威胁，这种惧怕、担心的状态，不仅不让他惊愕，反似乎得到他的承认，就像一个在海边出生长大的人，回乡的时候先是唇上感觉到海的苦涩，然后才听到海的涛声。虽说并不清楚自己惧怕什么，但是他本能地产生了可以与焦虑并存的自卫反应。他已经知道人家可以接受什么想法，可能驱除什么想法，人家怎样处心积虑掩盖真相，然而终究有一天大家要面对真相，拦是拦不住的。他学会了忍受失眠和不安，学会了控制听到突然响起的电话铃和门铃时那惊慌的心跳。学会？不！他从来就会。

几个穿粉红裙袍的女人从树下走过。有些男人在笑，他们雪茄烟头上的火点照出几张平静而快活的脸蛋。这就是他的朋友。他从没发现他与他们有什么不同。他现在自问是不是弄错了，是不是真的了解他们，真要遇到不幸，他们会怎样对待他。

因为他清楚，出事了。他预感到了，闻到了灾祸的气息。就像大雨将至，畜生先知……他回忆着往事。这只紧抠心口的冰冷的手，这股停止的气息，这张气喘吁吁的嘴巴，这种干渴，这份沉重的忧愁，什么也不能让他震惊，不能动摇他无声的忍受和不可战胜的希望。（“需要鼓起勇气，拼命工作。我有的是干劲和勇气，世上有谁能够吹嘘比我的干劲还大，比我的勇气还足？再说，事情总会过去的。虽然灾祸来了，我不知是什么时候，从什么地方来的，可是我既已失去了一切，就要把它们夺回来。灾祸确实没什么了不起，就是死也没什么了不起！”）他看破了所有的幻觉，所有的焦虑。他不时地像从梦中清醒，想道：

“可究竟发生什么了呢？这些人冷淡地接待我，仅此而已。究竟有什么不寻常的事呢？在这些女人中间，至少有两个向我发了邀请，到最后一刻才取消，仅此而已。不过这也够了，男人是个蠢东西！……总之，我知道我没有做错什么。我再说一次，我什么也没做！我是无辜的！”

可是他从来就确信自己是无辜的，会被别人谅解，会得到人家的爱慕吗？不！他天生如此，觉得自己犯了莫须有的罪，知道没有人会为他说情，为他赎罪，他得独自面对面可怕的魔鬼。

他突然忍受不了自己的孤独，就站起来，加入路过的一些人群。他听到女人的笑声。他一直走到塘边，又回到朋友家里。剩下的人不多了。他走进半空的客厅，要仆人把自己的汽车开过来。穿过露天座的时候，他听到有人在后面低声叫：

“哈里·希纳……”

他打了个寒噤。是谁叫他呢？他转过身，等着。可是没有，没人叫他。人家只是在说他。今晚大家都在说他。他觉得自己完了。

上了汽车，他开始很平静，坐得很直，可是慢慢地，手臂就落下去了，额头就低下来了，肩膀就垮下来了。他细小、瘦弱、怕冷，两只秀气的手互相握着，身子在黑暗中微微摇晃。在他之前，那么多兑币商在柜台前，那么多犹太法学博士俯身在书本上，那么多移民在船舶甲板上，都是这么摇晃的。他也像他们一样，觉得自己是个外国人，孤立无援，完蛋了。

三十一

亚达这样的女子，要消失也真容易！房子是连家具一起租下的，付过房租，把本那只箱子装满书，不多的衣服布品装进一只小箱子，把画从墙上取下来，把哈里给的那床温暖软和的被子折好，放进一只旧帽盒，她就可以走了。

“您不留个地址吗？”看门女人问她，“要是那位先生，您知道……要是他问您的消息，我该怎么回答？”

“就说我跟丈夫走了。”

“啊！是吗？”

看门女人怜悯地看着她。大概警察已经找她问过本的情况了。

亚达心想：

“要是他真想找到我，省政府的外国人管理处可以给他提供信息。不过他会认为我跑远了，过国境了。这会儿他不可能离开法国去找我。这样更好。当然，这样更好。”

在一家邮局，她给哈里写了一封信：

“我跟本走了。别了。”

还要写别的话吗？她心情沉重，像石头一样冰凉。她的思想总是那样兴奋、灵活，这会儿像是麻木了，睡着了，要不就是冻僵了。虽说现在她只希望就这样麻木下去，如果是这样，前景似乎还可以忍受，但是她知道自己过几天就会醒来，到时候就会意识到失去什么了。

有两天时间，她在劳伦斯的住所附近转悠。先是想找到她，跟她解释自己眼下的处境，让她理解自己假装离开哈里的苦心，自己为哈里做的牺牲。她想象劳伦斯的慌乱、惊奇和钦佩（因为劳伦斯确实钦佩过她），不由得感到一阵快乐。当然，这种快乐并不高尚，有点像看戏时的快乐，不过它是确确实实的……她在滚烫的人行道上行走（时当八月下旬，天气闷热难当），不时抬头羡慕地望着那些高大的窗户。紧闭的百叶窗后面那些房间一定宽敞阴凉！等下要是仆人把她带到劳伦斯身边，她会说："您把他收回去吧。我想要的得到了。我不求更多了。我不愿害他完蛋。"她恨自己把自尊掺到爱情里面。难道自尊真是心的基础？《圣经》谈到的"那颗冷酷的心"。它就连自己的血统也不再能摆脱？

在这个季节，富人区家家门窗紧闭，公寓无人。亚达担心劳伦斯也出了巴黎。不，她打听过了，德拉舍一家还留在城里。在亚达看来，这就是个希望的信号。哈里与妻子的联系并没有切断。劳伦斯还关心哈里，不愿离开他。"没准她是编造了什么借口留在巴黎的？"亚达想。当她想象哈里的孤独和潦倒时，一股野性的、几乎是母性的痛苦撕扯着她的肝肠。这时她就认为自己会有勇气闯进劳伦斯家，把她拖出来，一直拖到哈里家门口。可是她却不敢这样做。已经过去四十八小时了，就像做一个混乱的吓人的梦。她在信里告诉劳伦斯：

"我丈夫被逐出法国。我跟他走了。你们明白我永远不会回来了。你们俩可以把我忘记……"

可是她停下笔，撕了信纸。她得亲耳听到劳伦斯保证，回到哈里身边，尤其是老德拉舍不会抛弃女婿……这就是亚达藏在心里的希望。只要能救出哈里，让她在世上干什么都行。可是，如果救不出来呢？……要是在别的时刻，她会想：

“我就假装消失好了。一切都会安排好的，到时候，我就……”可是危险实在太大，太紧迫：人不能为了避险就牺牲所有幸福的机会。

“我要是这样做，上帝会惩罚我的。”她寻思。

她远远地望着天主教堂。在这些炎热的日子，教堂的门都敞开着，透过门洞，看得见里面点燃的大蜡烛。亚达走到教堂门口停住了，就像在劳伦斯家门口一样。这一切是另一个阶级的一部分，她不能进去。她不停地走着，嗓子眼渴得冒烟。她在劳伦斯家那个街区的一个小广场坐了一会儿。那里有一道喷泉，泉水清凉。她把手和额头打湿，接着又走起来。

终于，在第二天傍晚，她看见劳伦斯走出家门。她只见过劳伦斯一回，迄今为止，她每次想起她来，总是记不起她的模样：这就是哈里的太太，属于那群光辉灿烂的人物，她和哈里一生下来，那些人就把他们围住了。那些人在亚达的眼前闪烁，就像天上的星星，又冷，又模糊不清。现在，她看到劳伦斯了，这是个年轻美丽的女人，但不是亚达想象的那种超凡脱俗的年轻与美丽。她不是天仙。只是个皮肤很快就会老皱的金发女郎。因为天气炎热，她满脸通红。亚达的心情突然乱了，她觉得惧怕，又感到一种从未有过的嫉妒。惧怕，是因为她突然认为劳伦斯没有那么大的神通，这样一来，她的所有想法就变了，所有的希望就像被大风刮起的草叶，一下就不见了。她开始怀疑法国家庭有没有那无所不能的本事。她原来以为，只要把哈里交到德拉舍的手上，他就有救了，可真是这样吗？就没有别的有本事的人可找吗？她的父辈正是这样，他们在尘世生活时，总在寻找权势更大、地位更高的靠山，可总也找不到，因为他们不断地怀疑原先的靠山有了上帝做主子，就把他们给忘了。感到至高无上的劳伦斯离得这么近，看到她和普通女人差不多，亚达总算理解了女人的嫉妒：她是想到了与妻子和好的哈里，也就是说，与妻子同住一间房，同睡一张床，抚爱妻子的哈里。一股野性的恨意充满她的心。她想：

“我可以看到哈里最终与我一样，吃同样的黑面包，可我犹豫不决……我愿意把他还给妻子孩子，还给他餐厅的那些名画，还给他珍贵的盖着法国国王纹章的古籍，还给使他成为我的陌路人的一切吗？不愿意，绝不愿意！”

她哭了。一些路人望着她。不过这不是第一次。她在街上、在人群里哭得多了，比在家里关起百叶窗，拉起窗帘哭还要经常。她并不觉得流泪是什么丑事。她知道没有人会关心她，她坐在这张长椅上，想怎么哭就可以怎么哭，除了把一个警察招过来，不会引起别的反应。那警察耸耸肩膀，小声嘀咕：

“喂，喂，闺女呀……犯不着这样哭吧，来……”

她头发散乱，脸也被长椅上的铁件硌伤了，在林荫道的树下哭了好久。只有一个男孩停下来，带着认真的兄弟般的同情望着她。她透过泪帘，冲他笑笑，孩子胆子大了，问道：

“你孩子生病了吗？”

她摇摇头。这是个脏兮兮的小男孩，可是大脸蛋儿红扑扑的，粉嫩粉嫩。孩子走拢来，用一双小脏手揉了揉亚达的膝头：

“你有小孩吗？”

“有啊。”她说。

这样一个问题，她是不敢向自己提的。回了陌生孩子的话之后，她觉得内心平静了一点，就擦去泪水。

既然她不哭了，就像所有大人一样，又变得可怕和不可理解了。孩子这样判断。于是他后退一步。亚达怎么唤他，他就是不过来。不过，他也不走，只是远远地注视她，带着几分怀疑，又有几分害怕。亚达觉得，这最后一个朋友也抛弃她了。她站起来，回到劳伦斯家门前。这时是晚上八点。刚才少妇只穿了一件便装，应该会回家吃晚饭的。亚达等了很久，才见劳伦斯终于回来了。甚至在认出她之前，内心一个奇怪而突然的冲动就使亚达有了感应。她匆匆朝劳伦斯走去。

劳伦斯站住了，甚至朝后退了一小步。亚达心想，她这是害怕和厌恶哩。亚达望着她，现在不带仇恨了，而是非常专注，就像在仔细观察一个模特的面孔。她想：

"应该从她的眼睛，而不是从她的话语来判断她同不同意这样做，然后，再按照她的目光来确定我的生活……"

她说：

"我过一个钟头就动身了。"

"是吗?"劳伦斯说，往旁边走了一步，想绕过去，不过这个动作犹豫、缓慢、柔弱，就像你在梦中挣扎，想摆脱那些冷不防冒出来，要拖你进去的深水、流沙、泥沼一样。

"夫人，我永远不会回来了。我永远也不会再见哈里。"

"求求您，快走吧。"

亚达突然抓住劳伦斯的手。

"听我说，"她快速而激动地说，"只有您一人知道。哈里以为我跟丈夫走了。这是个谎话。我在巴黎。我可以随意动身或者留下，守在他身边，努力把他夺过去。可是我向您发誓，只要您认为这样可以救他，我就不会再接近他，不会跟他写信、通话，让他再想起我的存在。”

劳伦斯没有说话，但也没有走的意思。她也不安地盯着亚达的面孔，大概想读出这个外国女人的心思。

“您愿意帮他吗？”

劳伦斯低下头。在大街上演这么一幕，她似乎受不了，好像这是一种无法忍受的粗俗行为，更增加了她的怨恨、痛苦。亚达心想。转瞬之间，她脑中闪过一个念头：

“可怜的哈里……跟她不幸，跟我也不幸，在两个种族、两团烈火之间，他会变成什么样呢？”

“你们有没有能力帮他？”

劳伦斯低声说：

“不是我。是我父亲。”

“是啊，我正是这么想的。他愿意帮他吗？”

“愿意，只要我们放弃离婚。哈里曾……”

她停住了，脸难堪地红了。

“哈里曾试图找过您吗？”

“没有。”

她不出声了。亚达还问道：

“夫人，您认为一切都有挽回的可能吗？像从前一样，像我来之前一样？”

劳伦斯不回答。不过透过精致的皮手套，她的指头在抽搐。

两个女人都带着恐惧和仇恨的心情，一声不响地互望着。亚达没有动，她觉得一旦离开劳伦斯，她就失去哈里了，一切就会像从不曾存在过似的。

“就像在童话里似的，”她惊讶地想道，“当你来到一面破镜或者一盏熄灭的灯旁边时，幻觉就消失了。”

是啊，这个女人，这个劳伦斯，就是联系她与哈里的纽带，唯一的活纽带。只要说一句话，走一步路，一切就将结束。她再次把生命反转过来。她又回到了起点。她艰难地离开了劳伦斯。她没有跑，她是低着头，不急不慢地走的。不过这颗从未放弃希望的心开始颤栗，开始小声嘀咕：

“我曾失去他，又找到他。也许，还会来一次？……”

不行！必须做出完全的牺牲。她努力地克服这种顽固的幸福的欲望。不过，这一次，它却荒谬地、不可理喻地留在她心里：哈里命中注定是她的。

她扶着路边的栅栏，吃力地往前走。她的嘴唇发烫，两条腿死沉死沉，很是疼痛，但是，她没有流泪。

三十二

亚达很少收到信，因此，当一封写着她的名字的平信寄到她所居住的门牌时，她有一阵子生出盲目的希望。不过不是哈里的笔迹。这只是一封驱逐令，期限为八天，要办一些不可减免的手续。本是找不到了。人家也不一定认真地缉查他。自从德拉舍接手打理女婿的案子之后，正如大家所称，围绕“一家国际金融家所办银行丑闻”的议论马上平息了，而本作为案件主角，大家避之唯恐不及，因此绝不希望他留在法国。不过，正如浪涛把落水者的身体连同逐浪浮游的海藻贝类一起带往大海，富有远见的司法机关也就要把随同著名的本·希纳流亡的人，他的家庭、母亲和妻子逐出法国。

这件事办得尽可能谨慎：没有一家报纸得到了消息。哈里也一无所知。他的案件按正常程序办理。开始有家晚报就此案发表了一篇大文章，过了几天，人们才在第二版上读到有关此案的后续报道，而且字体也要小一些。再过几天，它就从第二版上下来了，只是作为加了边框的短消息，出现在社会新闻栏里。再以后，就完全消失了。只有几家敲诈勒索的小报还在拿此案做文章，就像一条饿狗，捡了人家扔掉的骨头，翻来覆去地啃。它们发出几次泛泛的威胁，下了一次最后通牒，接着突然冒出一些重要的政治事件，此案也就无人过问了。

这场惊吓之后，古老的家族恢复了往日的平静和尊严，就像一个病人，在谵妄中述说自己的青春年代，说自己的过去怎样可耻，爱情怎样卑鄙，但是醒来后却全然记不起自己所说的话（即便记起来，他也会宽自己的心：周围只有一些专业人员，不是医生就是看护，他们不会把他这些丑事说出去的）。

收到驱逐令以后，赖莎伯母连忙去找亚达，央求她去找哈里来救他们。她到哪里去呢？有哪个国家会收留她呢？怎样过日子呢？

以后她接到一封神秘的电报，就平静下来了。亚达知道她有了本的消息。本很快就会在南美一个遥远的国家开家新商场，名叫“小巴黎”或“法国时装”。于是干瘦而急躁的赖莎伯母把头发染成鲜红色，恢复了元气与活力。她已经开始人前屋后地忙碌，寻找要带走的服装式样，当然多少有点走私，同时还在尽力活动，让人撤销对她采取的措施。

晚上，赖莎伯母的朋友，都是她在巴黎结识的移民，一个接一个赶来看她。这是一场不同寻常的集会。到会者一个个面容憔悴，身体臃肿，目光黯淡。她们中有些是从敖德萨或基辅来的犹太女人，有些人曾经是俄罗斯皇后宫中的女官，是一只脚踏进上流社会的人物，流亡之初还光辉过一阵子，现在却像她们所说，吃起了黑面包。有些是金融家的太太或遗孀，她们的丈夫不是死了就是跑了，要不就是坐了大牢，或者另找了相好。在所有这些女人看来，一个伙伴收到驱逐令自有明确而不祥的含义，这就意味着，她们迟早也会受到同样的对待。哪天她们也会要舍下带家具租下的房子，放弃熙熙攘攘、热热闹闹、映着蓝天白云、走着谦恭过客的巴黎街道，拖着脚步来到领事馆门口，等着拿到领事馆答应给的护照，然后动身去某个异国他乡，寻找靠不住的谋生手段。白天，她们不敢露面，因为到处有警察和暗探。一到晚上，她们就有了胆子，登上赖莎伯母家的楼梯，围坐在灯下，看着客厅中间打开的箱子——别具威胁力的象征。接下来，一有动静，或是看门人上楼的脚步，或是敲门声、电话铃声，她们就提起裙裾，溜之大吉，就像一窝鸡鸭，只要一只被追被捉，其余就四散而逃。

她们小声地交换一些地址和情报：

“我认识一个派出所所长的太太……”

“我呢，我房东的女儿在内政部当秘书……”

她们白发苍苍，眼睛忧郁，披着俄式围巾的肩膀伛偻了，只有黑裙子还闪闪发亮，秀气的小手还保留着当年的美丽，只是指甲禁不起家务劳动的折腾，已经破损了。她们把头凑在赖莎伯母的灯下，从不离手的烟卷总是使她们周围烟气缭绕。亚达对她们感到好奇、着迷。现在，她们用平和悦耳的嗓子，比较着不同国家的优点：

“我丈夫写信来，说委内瑞拉……”

“啊，亲爱的，别跟我提这个国家……据说巴西……”

“可是气候，还有蛇……”

“听说加拿大还有移民名额……”

因为她们大多上了年纪——年轻的有别的问题，不会来赖莎伯母家——渐渐地，她们就谈起做菜或做袍子的方法，聊起了老年的生活，因为老年人也要轻松，也要抛开忧愁，也要逃避现实，也要闭上眼睛忘记前程，哪怕是迫在眉睫，最具威胁性的前程。她们的谈话中夹杂着轻轻的浪笑、假装的惊叫、某人或某人的叹息。一般来说，她们并不同情亚达和赖莎伯母：

“你呀，闺女，你还年轻。你这个年纪……再说，你要愿意……”

因为赖莎伯母半是钦佩半是怨恨，把亚达的事情原原本本说给她们听了。亚达阴沉着脸，埋头听着，一言不发。

她生出羞耻感，便比较她与这些女人的距离。在与哈里的接触中，她不幸变得文明了。这些女人所显示的贫困，对潦倒的顺从，难道就是她的命？如果她跟着赖莎伯母，到处都会碰到这些涂脂抹粉，像残垣断壁上匆匆刷了一次白灰的面孔。她们在世上一无所有，没有丈夫、没有孩子，也没有房子。过去她不屑一顾的东西，现在要失去了，她才拼命地珍惜。过去她经常嘲笑哈里，说他不是财富的主人，而是财富的奴隶：

“你属于那套珍贵的南京瓷杯，”她说，“属于你收藏的那些宝玉、古本……”

属于一个人或一件物，或一套传统、习俗与成规，是多么幸福啊！……现在她是这样认为。拥有也好，从属也好，有什么关系呢？要紧的是拥有这些联系，不管是脆弱的还是扎实的，轻便的还是笨拙的联系，而不是像这些女人，像她本人，没有根基，随风飘零……

到了喝茶的时候，伯母从厨房里端茶出来，茶杯不成套，糖缸打碎了，盛糖的是一只茶杯托。亚达走开了，到一张长沙发上躺下，盖上哈里送的那床被子。这是她唯一的财产了。整个白天，她都勇敢地把哈里的图像推开，现在，是哈里回到她脑海，占据她心田的时刻。无论如何她要感谢上帝，还保留了儿时制造幻觉和奇迹的能力。幻觉比真实世界离她更近，更现实。一周来，她没有碰一下画布画笔：绘画，此时未免太沉重。想到不可能把作品拿给哈里看，听到他的批评或表扬，她就画不下去。不过，这种缓慢的工作是不由自主的，并不服从精神的支配，这倒是它的好处。于是她重新创造了哈里，她去见他，跟他说话。那些女人的声音时起时伏。说来也是神奇，在这条巴黎的街道上，她们竟让她走上了回忆之路，一直走到久远的过去。她没有听到本在隔壁房间背诵希伯来语课文吗？她没有见到小姑娘的她，刘海遮着惺忪的睡眼，在不停地等待和希望吗？她用双手捂住脸。没有人看见她哭。她们都流过那么多泪，但是都没有注意，就像没注意秋雨滴落一样。

“这就是我的家人；这就是我的家庭。”亚达寻思。

然而，在法国的居留许可到期那天，亚达还是向赖莎伯母道了别，拥抱了咪咪太太，默默无言，噙着泪水，扔下本，扔下对本和哈里的回忆，扔下希望，独自动身了。有人给她办了东欧一个小国的签证。

三十三

时当三月。亚达要生小孩了。她住在东欧一个小城一家旅馆的客房里。旅馆下面是一个市场。她在医院里没有找到床位。因为在这个战祸频仍的国家，内战引起的骚乱已经在几天前转化为一系列的罢工和报复。医院首当其冲。有人对亚达说，你要是本地人，还可能找得到床位，可你要是外国人，休想。

亚达屈服了。她已经习惯于逆来顺受。再说，她也不是完全断了生活来源。在巴黎度过的十年就是有效的证明。她在大街上的百货店找了份售货员的工作。她又恢复了原来的发型。人家利用她的黑头发来试“巴黎式的帽子”。那些太太们试过之后，买下有花装饰的茶托形女帽，或者围有细眼纱网的头巾式女帽，将它们斜扣在金黄色或棕红色的头发上。当亚达看累了周围那片黑灰色时，就乐于把眼睛停放在这些像小麦或黄金一样灿烂的头发上。冬季很长：阳光在雪地上闪耀了几个时辰之后，就射出一道血红的利箭，穿透河上的雾霭，然后就熄灭了。当亚达从商场下班出来，周围已经是一片黑暗。这不像巴黎的夜晚，有店铺招牌和路灯照亮，这里是冰冷的黑暗，冷酷而幽暗的天幕上，清晰地映印出覆雪的高楼屋顶。街道两边有很深的车辙，她每走一步，都怕掉进去，所以总是低着头，咬紧牙关，甚至都没想到看看冷漠而耀眼的星星。这里的星星离地近，也就比巴黎的亮。

星期日她也不出门，关在房间里画一整天。她一拿起画笔就觉得快乐，因为她的全部意愿就在于从银白两种颜色中间选择最适合她神秘欲望的色调，或者望着白天看到的那些面孔，那些金发妇人。日光消失之后，她想起自己的身体状况需要多走动，吸取新鲜空气，就吃力地下楼散步，一直走到河边。河流从中间穿城而过，把城市分成两部分。有些河段有人溜冰。有一块冰面已经用一根彩灯绳围了起来，一些人影轻捷而飞快地在里面滑过。一支小乐队在奏乐：奏的是一支笨拙而嘈杂的铜管乐，可是亚达听起来却觉得悦耳，因为太尖利的噪音和铜号的轰鸣都被风带走了。一些雪橇从此经过，它们的信号灯在冰面上投下舞动的黄光。一些滑冰者滑出了圆圈，他们衣服上也别着油纸扎的灯笼，每滑一步，就倏地闪出一道光来。

有时，某个男人看见站着不动的亚达，被那头在白脸蛋上飘摆的黑发吸引，会朝她走来，可是很快发现她有孕在身，二话不说，马上离开。亚达乐意在那里待多久，就可以待多久，可以尽情回想去年前年的往事，尽情回忆、悔恨、哭泣，直到桥上的铁栏杆冻住她的指头，她觉得僵硬疼痛为止。她回到家里，女邻居给她从附近的食堂端来一份简单的晚饭。这个女人也是移民，曾到过美国和德国，都被赶了出来。她有两个儿子在欧洲某国，一个女儿在另一个国家。丈夫被关在集中营。这些人构成了一个特别的阶级，超出种姓与种族的阶级，一个特别的世界。在这个世界，互相帮助是一条不成文的法律。亚达挣钱较多，需求不大，有时就接济这位女邻居几个银钱，或者送她一条旧裙袍。而她就为亚达办一些费力的事情。当然，她们这种互助几乎不用吩咐，出于某种半是默契的相互理解。将来孩子出生之后，也会由这个女人——罗莎·列比格照料，亚达继续上班挣钱。

孩子出生前几天，骚乱爆发了。一大早，人们就看见士兵在空荡荡的市场里横冲直撞。士兵经过之后，亚达从窗口探身外望，发现雪地上到处是筐篓、面包、篷布、葱头蒜脑，一片狼藉：一些农妇是带着商品连夜赶来的，看到大兵就逃跑了。枪声响了好几个钟头，接下来是一片死寂。逃散的女人们又牵着驴子、提着篮子回来了，老的哭，年轻的笑，市场又响起叫卖吆喝声，一直传到亚达的耳朵。她没有力气起来。她恐惧地想，也许得坐上一辆弹簧断了的汽车，在硬石路面上颠簸好一阵，赶到医院。当人家告诉她医院没有床位时，她反倒松了一口气。

罗莎·列比格说，尽力而为吧，就在家里生。于是把房间烧得暖暖的，把襁褓准备好，还准备了一个摇篮，医生也不缺。旅馆里住满了中欧来的难民，大多是医科大学生和助产士。亚达以为自己一个也不认识他们，其实他们都了解亚达的情况。这一天她受到了一生从未有过的关怀和宠爱。有人给她送来苹果，有人拿来垫子，给她和孩子用，有人送来维也纳的糕点、犹太人的蜜渍果仁，还有小瓶科隆香水。送东西的人都不进屋。亚达在床上听见他们的脚步停在门口，显得有些犹豫，一只手悄悄地把一个小包放到楼梯平台上。痛苦持续了一天一夜，有时她甚至失去知觉。昏迷中她忘记了哈里不在身边，动情地寻找他，呼唤他的名字。她好像见到自己叫喊着，跟在他后面跑，穿过一个又一个房间，跑过一条又一条街道。不过看护她的人只听到低沉的、断断续续、好像害羞似的呻吟和一些用法语说的话，可是他们听不懂。

夜里她清醒过来，看见房里只亮着一盏灯，用一条绿色的丝巾罩着，其余地方都是黑乎乎的。她觉得不是头一次受这种苦，她在一张同样的床上躺过，生过一个孩子。这个感觉是那样奇怪、那样模糊，使得她猛然撑起身子，伸出颤抖的手摸到旁边放着的一只枕头，轻声问：

“孩子呢？……孩子在哪儿？”

有人用凉水蘸湿她的额头与嘴唇。有一会儿她认出是罗莎·列比格。两人对视着。

“罗莎……孩子的父亲在哪儿？”亚达突然问道，勉强挤出一丝微笑，“我知道他这会儿挂记着我。”

“是啊，是啊。”罗莎同情地附和道。

她走开了，消失在房间的阴暗部分，留下亚达一人与一些幽灵相处。这些幽灵从房间各个角落冒出来，其中有赖莎伯母、本、咪咪太太和劳伦斯。只有哈里没有露面。亚达觉得她的心都碎了。最后，痛苦平息了。可是孩子还没有生下来。有几个接生婆悄悄走到床边；有人用糖拌了橙子，劝亚达吃，她吮了几口，觉得好受一些了，长了力气。周围有人说话；说昨天南郊大工厂的骚乱死了多少人。

有人叹息道：

“什么时候，生孩子碰上这种日子……而且还是个孤单女人。”

可是罗莎说：

“别说了，最有钱、最有人疼的女人，生头胎时也觉得自己孤单，就和死去的女人一样孤单，和生头一个儿子的女人一样孤单。”

这是罗莎·列比格在说话吗？要不就是亚达听到自己内心在这样说。内心这个声音比她本人理智，年岁也大一些。它不是已经多次安慰过她了吗？她在大床上动了一下，那熟悉的单调声音又响起来了：

“据说加拿大还有移民名额。据说，波斯领事的姐姐认识……的秘书，通过她，可……”

亚达闭上眼睛。她在哪儿听过这些话？在巴黎，在另一个世界，在几个世纪之前。一切都搅在一起，变得模糊，渐渐远去，最后消失了。她是真的认识哈里吗？或者，这只是个梦？想到自己在乌克兰的儿童房间醒来的情形，发现自己早就想象过这些年头的幸福与苦难，她不觉颤抖了好一阵。

“这么说来，我也没有遗憾了，”她想，“这么说来，我也算幸福了。虽然我不知道，但是我得到过幸福。我被人爱过。而且我知道，尽管相隔万里，天各一方，人家仍然在爱我。我眼睛看得见，手脚能动，有一份好工作。”

她没有想孩子，在孩子即将出生的这一刻，她却把孩子忘记了。别的什么人想着孩子，而忍受着分娩之苦的母亲却想着别的事。亚达不时惊愕地问自己：

“为什么这么痛？天啊，什么时候才有个完呀？”

最难受的黑夜将尽。在那一刻，疼痛似乎到了无法忍受的地步，有人甚至担心亚达会死。在那一刻，谁也没有亚达想得那么多：她要死了，孩子怎么办？

她蓦地想起从前在纳斯塔琪娅房间里看到的一幅古老的圣像，便祈求他保佑这又一个犹太女人，一个身上怀着珍贵的身孕，从一个国家流落到另一个国家的女人。

就在这一刻，孩子呱呱落地了。

亚达听到了市场的声音，那快活的叫卖声一直传到她的房间。这是个晴朗日子，无雪也无风。大家把床铺推到窗边光亮的地方，把孩子放在亚达身边，就退了出去。罗莎·列比格在一个角落里做针线活儿。就像走过长路以后人们渴求晚上的休息，就像经过炎热蒸烤、灰尘蒙蔽之后皮肤渴望洁净的被褥、床铺的温馨，亚达闭着眼睛，感觉一种物质的，差不多是动物般的幸福进入体内，它比迄今为止她所感受过的幸福都要舒适。她微微地移动着手，与被褥的接触使她充满了安逸的快乐。她望着照向窗棂的阳光，发出舒心的微笑。她觉得她的身体，被痛苦撕裂的身体，只有在灵与肉的某个角落痛苦的时候，才能恢复其统一，其忍受痛苦的可怕能力。她的身体已经走出了被奴役的状态，分化和形成了千百个小亚达。她们都保留了各自的自由，快快活活过日子，不用操心别人，尤其是真正的亚达及其过去。她亚达真的有过过去吗？她把自己的生命给了新生儿，不过新生儿也送了她一份美好的礼物：他将与母亲分享他的好处：睡觉的本事，无知的本事，也许还有忘却的本事。

孩子睡在她怀里。她与孩子同睡同醒。孩子醒来，开始哭泣，而她醒来，笑微微地望着孩子。孩子额头宽大，稀稀落落长着几根黑头发。他谁也不像，她仔细端详，想看出他像谁，可是白费气力：看不到与谁相像的地方。同时，孩子显得老成、睿智，就和所有处在生命最初一刻的孩子一样。

她感知身边有一颗心脏在轻轻地搏动，一种既快又匀和的冲动，它伴和着她自己的心跳。于是她想到哈里，想到他躺在自己怀里的情形。不过哈里似乎离她很远，又恢复了在她梦中的位置。她拥有过哈里，又失去了哈里。当然，他的命运是艰难的，难以理解，不过，也不知为什么，亚达觉得自己即将得到一种解释，一个真相，它也许会突然一下揭露不公，解决问题。毫无疑问，孩子是知道部分真相的，不然，他不会显得这么老成，这么睿智。而她知道另一部分真相，所以她才不再斗争，不再要求，不再悔恨，才觉得如此轻松又如此疲惫。这两部分真相也许会汇合在一起，构成一片灿烂的光明？火焰把一棵又一棵树吞噬，最后就把整座森林烧成一片火海。

她扳着指头算数，好像一个孩子在清点自己的财富：

“画、小家伙、勇气：有这三样就可以活下去了。可以活得很好了。”

罗莎·列比格见亚达没有出声，不免有些担心，就直起身子，朝床这边张望。

“你们两个没事吧？”她问。

“我们都好。”亚达回答。

她微笑着重复了一声“我们”……心想，这是她头一次以确定的口气说出这两个字，这种感觉真好。

译后小识

管筱明

笔者是怀着一分特别的虔诚和沉重来捧读和翻译《狗与狼》的。也是，面对一个在世界上遭受了千年迫害的民族的成员，面对一个被无情的命运拨弄，先是为十月革命的风暴所席卷，后又遭受纳粹的蹂躏与折磨，最终死于奥斯威辛集中营的女性，我们轻松得起来吗，随意得起来吗?

乍一读起来，《狗与狼》似乎只是一部平常的爱情小说。犹太姑娘亚达从小暗恋着犹太男孩哈里，想方设法与之接近，却因个性与社会的鸿沟而无结果，多年后两人在巴黎重逢，虽然一个发达，一个贫贱，但是乡愁成了联系他们的纽带，相互的激赏与共同的志趣使两人冲破婚姻的藩篱，走到一起。然而，祸从天降，为了挽救心上人的名誉与地位，亚达勇于做出牺牲，把哈里还给他有权有势的妻子，自己则远走他乡，孤身在千里之外生下并抚育哈里的血脉。一见钟情，异地相逢，凄伤离别，惨痛牺牲，爱情小说该有的元素都有，能说它不是爱情小说吗？然而，读完这本小说，在流下同情的眼泪之后，读者却别有一番滋味在心头，只感得异样的沉重，不像读别的爱情小说，流泪之后是喜悦，是轻松。这是什么原因呢？笔者认为，这是因为作者在这部爱情小说的框架里，加进了犹太民族数千年积淀的苦难，和处在社会边缘与下层的民众的梦想和希望。这就使得作品别具一种普世的悲悯情怀，对人的命运表现出特别的关照与关怀，也就有了一分别样的深刻与厚重。

这部小说一开头，就给我们来了一段社会各阶级的分析："希纳一家出生并居住的乌克兰城市，在城里的犹太居民看来，是由三个不同的层面组成的，就像古老的画卷上所表现的那样：被上帝排斥的人处在下层，为地狱的黑暗与烈火所吞噬；平凡的人住在中层，被微弱的光线照亮；而处在上层的，则是上帝选民的居所。"

亚达家住在河边下城，那是下层犹太人集中居住的地方，邻居不是贱民、小手艺人，就是小商小贩、流浪汉。"一大帮儿童成天在泥水里打滚，说的是一口意第绪语，穿的是破破烂烂的衬衣，细瘦的脖颈和又长又黑的鬈发上，罩一顶宽大的工作帽。"亚达的父亲伊斯拉埃尔·希纳是一个掮客，也就是中国古代所谓的"牙人"，干这行全靠伶牙俐齿，舍得跑腿。为了拿到订单，"他们不惜乞求、哀求顾客，贬低竞争对手；他们叹怨命苦，不惜对天发假誓"。亚达的父亲能力不强，又有孩子拖累，因此属于被上帝排斥的人，只能处在社会下层。

而哈里的境况完全不同，作为同姓希纳的犹太人，他的爷爷因为善做生意而发了财，成了极少数发达的犹太人。他们可以破例违禁，搬离河边的犹太人隔离区，住到树木围绕、绿树成荫的上城。他们是下城所有犹太人羡慕的对象。下城的许多犹太人怀着改变命运，提升社会层次的希望，"举目瞻望富人居住的青翠山岭"。一个偶然的机会，还是个孩子的亚达来到上城，看到了富家小少爷哈里，从此生出终生不渝的爱恋。这种感情虽然是自发的，而且十分朦胧，但潜意识里很难说没有改变命运，提升社会层次的成分。

由于宗教信仰和历史文化等方面的原因，犹太人被赶出自己的家园，在世界各地迁徙流浪，成了许多国家不受欢迎的居民，受到统治者和非友好势力煽动的民众的迫害。小说里就多次提到，政府一遇到麻烦，就掀起排犹浪潮，以转移视线，转嫁危机。犹太人尤其是下层犹太人，成了种种政治失误、经济危机和天灾人祸的牺牲品。他们遭受的苦难真是罄竹难书！在逾越节的前几天，城里又掀起了排犹浪潮，暴民们砸犹太人的店铺、房屋，抢劫犹太人的财物。更有军队借口镇压爆乱来趁火打劫。为了躲避排犹主义的暴乱，亚达被迫和她的小堂哥本在阁楼的一只箱子里躲了一夜。第二天走到街上一看，犹太人住的街道完全变了："这就是他们熟悉的街道吗？它那荒凉凄惨的景象，他们都认不出来了。……众多的破棚子，小摊子，平常屠宰牲口的地方，那些底层一间店堂，中间一间阁楼，上面有个破顶的店铺，一夜之间全不见了，仿佛刮了一场龙卷风，或者发了一次洪水……还有一些房子，不是缺了门，就是少了窗户，墙壁被熏黑，墙体被捅破，一副被剜了眼珠、惊恐不安的样子。地上一片狼藉，满是五金件、玻璃片、铸铁块、地板条、残砖断瓦，还有许多说不出名字的破烂，有时从里面认得出一只靴子、一只泥盆或者一只锅柄，再远一点有一只女鞋，鞋跟都扭弯了，接着是几把椅子，一只几乎是新的漏勺，还有一只上了蓝釉的陶壶，几只断颈的空瓶。……一些白色和灰色的羽毛在空中缓缓悠悠地飘摇……"

下层犹太人就过着这种时刻提心吊胆，动辄遭受洗劫与打击的悲惨日子。上层犹太人由于住在富人区，安全较有保障，可是他们在精神上，却仍然受到排斥。为了逃避战争，避免受到革命的冲击，哈里一家来到巴黎。虽然他作为这家国际知名的希纳银行的继承人，富甲一方，可以过上优裕生活，却为了娶巴黎姑娘劳伦斯为妻，忍辱含垢，苦苦等待了两年，因为在巴黎的老德拉舍看来，希纳家却是些来历不明的人，是放印子钱出身的。他口口声声称希纳家为外国佬，其实这外国佬三个字，就简洁而形象地概括了他对犹太人的蔑视与排斥。因为，“外国人在他脑子里是分了三六九等的。要是女儿嫁个盎格鲁-撒克逊人、拉丁人，还说得过去……他一个姐姐就嫁了个西班牙人。”

在故国苏联，在乌克兰的基辅，亚达与哈里是难以产生爱情的。社会的偏见与阶级的鸿沟把他们远远地隔离开来，然而，在巴黎，他们却能成为挚爱的一对。这其中起主要作用的，就是共同的乡愁。亚达用自己的画来吸引哈里注意，而她画的就是儿时故乡的情景。哈里从她的画里，感受到了浓浓的乡情，回忆起了儿时的情形。他对醋意浓重的妻子劳伦斯说：“是的，劳伦斯，那个场景，即便我没有见到，也清清楚楚地知道，连它的细节，尤其是它让人无法忘记的本质。因为没有风，细小的雪花就稀稀落落地直落下来，那大概是秋天的第一场雪。雪花落到水洼里、烂泥里，马上就化了……那具棺材，你注意到了吗，它是放在雪橇上的？放得不稳，歪歪斜斜的……人家没有把它放正；就是把它当做一件无用之物随便扔在上面的，就像扔块石头……”两人能够挚爱的另一个原因，就是身在异国的哈里在与亚达的交往之中，找到了彼此的共同语言，接上了民族的血脉，发现了民族的文化基因，唤起了民族感情。而这一点他与法国妻子劳伦斯在一起，是感受不到的。亚达问他最大的愿望是什么，哈里说是得到他的妻子。亚达问："你不是得到了吗？"他不无辛酸地说："是得到了，可就是像得到水中月，镜中花，一个影子，一个映像，抓不着，闻不……"因此，在这种背景之下，两人的爱情就有了一种全新的意义，这就是同根同祖的两个犹太青年，一起用倾心的相爱来对抗外界的排斥与歧视，来营建同文同乡的理解与认同。

笔者拿到本书，便对《狗与狼》这个书名生出疑问：究竟写的是什么内容？为什么要用这个书名？事实上我的疑问并非多余，因为在GOOGLE搜索引擎上打入这几个字，调出的几乎全是描写动物的读物。随着翻译的深入，疑问并没有得到解答，直到译到第二十八章，心里才豁然一亮。在那一章里，亚达问本："你刚才不是说哈里与你相像吗？"本回答："就像狗和狼一样相像。"是啊，哈里和本是很相像，不仅面孔，还有犹太人的性格。可他们有个根本的区别，那就是哈里是条有温暖的家室，有舒适的条件，有安定的生活的"狗"，而作为他的堂兄弟，本却像狼一样，每天要去寻找猎物，要面对饥饿、贫穷、遭人驱逐捕猎的威胁。在小说里，本是一个有志向有能力的男孩，从小就喜爱亚达这位在同一个屋檐下生活的小妹，并且长大后成功地将她娶了过来。然而亚达爱的不是他而是哈里，爱的是"狗"而不是"狼"。作为一个饱受磨难的犹太女作家，我们能说作者这样写没有寓以深意吗？我们难道不能从中解读出犹太民族渴求家园，渴求安定生活的强烈愿望吗？

因此，愚意认为，《狗与狼》不是一部平常意义的爱情小说，而是一部反映一个民族的苦难，表达一个民族愿望的爱情小说。作品的结尾很有象征意义：中欧一个小国接受了亚达的移民申请，她在那里安顿下来，在祈求圣像保佑“这又一个犹太女人，一个身上怀着珍贵的身孕，从一个国家流落到另一个国家的女人”的时候，生下了哈里的孩子。亚达心想：“画、小家伙、勇气：有这三样就可以活下去了。可以活得很好了。”可是，她能否如愿呢？这条“小狗”的呱呱落地，是否意味着从此有了安定的生活呢？看来并不如此。至少作者惨死集中营这个事实，就说明亚达这个愿望难以实现。不过，笔者认为，在今天，在拥有和平与发展两大主题的二十一世纪，应该是可以让九泉之下的作者彻底放心的。